集団探偵

三浦明博

講談社

目次

装画　山口尚美
装幀　next door design

集団探偵

第一話
クマ出没事件

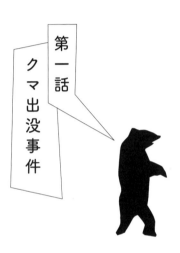

「何だこれ？」

巨木の向こうの建物を見て、青柳《あおやぎ》流太《りゅうた》は思わず声をあげた。期待していたのとはまるで違っていた。

大人で二抱えもありそうな巨木には春の新芽が萌《も》えはじめていて、そのちょうど肩ほどの高さのところに掛けられた木製の表札に名前が彫られていた。

【シュアハウス銀杏坂《いちょうざか》】

不動産屋で紹介してもらったのは【シェアハウス銀杏坂】だった。顔を近づけて見ると、本来〈エ〉だった文字の右上が削り取られて〈ユ〉になっている。

目の前に建つ家は古かった。壁のペンキはあちこち剝がれ、窓ガラスのひび割れにはテープが無造作に貼りつけてある。

流太は三日後の月曜日から出社予定だ。いまさら新たな住まいを探す時間などない。意気消沈して玄関に向かうと、建物の奥のほうに別の建物が見えた。土壁の土蔵だ。

と、その土蔵から男が出てきた。

「おまえ誰だ」

ずいぶん無遠慮な男だったので、思わず身構える。灰色の和服を着ていた。ひとまずは低姿勢で挨拶する。

「今日から入居することになった青柳流太です、これからお世話になりますのでよろしくお願いします。あの、管理人の方ですか」

「俺はれっきとした住人だ。新顔が入るときは事前に連絡があるはずだが、何も聞いてないぞ」

「あの、もしかして空き部屋がなかったりします？」

「部屋はがら空きだ。七つも部屋があるのに入居者は四人だからな。とにかくまず不動産屋に電話して、相手が出たら代われ」

なんと傲岸不遜《ごうがんふそん》な男だと思いつつ、携帯から不動産屋に電話をかけた。事情を説明してから携帯を男に渡すと、男はいきなり声を荒らげた。

「新しい入居者なんて聞いてねえぞ」

不動産屋が説明しているらしく、「あぁ」とか「うん」とか言う男を観察する。小太りで背が低く、年は四十歳前後か。最初は違和感があったが、案外こういう体型の人には和服が似合うものだ。それにしても平日なのにこの男は、会社に勤めていないのだろうか。

男が携帯から耳を離して訊《き》いた。

「あんた、青柳っていうのか」

さっき自己紹介したはずだと思いつつ、そうですと答える。

「それでどうだったんですか、間違いなかったですよね」

「俺はトウゲだ。ここじゃ一番の古株で、まあ家主みたいなもんと思えばいい」

そのまま戻っていこうとするので、「電話を」と告げると、手に持っていた携帯をぽいっと投げてよこす。慌ててキャッチし、すたすたと去っていく背中を呆然《ぼうぜん》と眺めていると、かすかに声がした。

何だろうと思っていると、まだ通話中で相手がしゃべっているのだった。

「……はい」

「あ、青柳さんですか」

「いったいどうなってるんですか」

「私のほうではちゃんと事前に連絡しましたからね、あたり前ですけど」

「でも聞いてなかったって」

「それはそうです、峠《とうげ》さんに伝えたわけじゃないですから」

話によれば、担当者はここに住むツキノという人に通知して、他の住人にも知らせておいてほしいとお願いしたという。彼によると、そのツキノという人だけが女性で唯一まともな入居者で、この手の連絡事項を伝えているのだそうだ。にわかに不安に駆られてきて尋ねた。

「他の方々はあまりまともじゃないってことですか。大丈夫なんですか、ここ」

「もちろん大丈夫です。危険人物がいるわけではありませんから。どんな方々なのかは、暮らしているうちにおいおいわかってくると思いますので」

最後に部屋番号を確認して電話を切った。息を吐いて顔をあげると、壁の向こうに頭が引っ込むのが見えた。さっきの峠という人らしい。

電話相手の話はもちろん聞こえないだろうが、流太の声は峠という人に筒抜けだったかもしれない。まずいなと考えていると、峠がまた近づいてきた。笑っていて、うれしそうだ。

「明日土曜の夜、七時から土蔵で集会がある。流太も参加してくれ」

「了解です」

歓迎会を開いてくれるのか。一風変わった人だと思ったが、意外に思いやりがある人なのかもしれない。初めての東京暮らしで緊張気味だった気分が少しだけ軽くなった。

しかも女性もいるという。シェアハウスでくり広げられる恋模様に期待だな。そんなよこしまな気持ちを培養しつつ、流太は自分の部屋へと向かった。

†

家具類を荷ほどきしてざっと置いてみた。部屋の広さは八畳程度だが、窓際にユーティリティー的な空間があって、そこにテーブルと椅子、そして来客用の折りたたみ椅子を設置した。

敷地《しきち》をぐるりととり囲む生け垣、そして土蔵が見えている窓にカーテンを取り付けていく。建物の外観は古かったが、室内はリフォームしたのか予想よりもきれいだった。ベージュのクロスもあまり汚れていない。フローリングには傷があるが、使い古された感じに味がある。

第一印象は最悪だったが、初めて一人で暮らすには悪くない。三万円台の家賃なのだから贅沢《ぜいたく》を言えばばちが当たる。

生まれてこの方ずっと実家で一人暮らしの経験は初めてだった。そのうちかわいい彼女でもできたら、このテーブルでコーヒーでも飲むことになるのだろうか——。弥《いや》が上にも妄想は膨らんでいく。

時計を見ると、七時十分前だった。大した家具もないのに、ほぼ一日整理に時間を費やしてしまった。歓迎会なんだから食べ物は用意されているはずだ。主役が満腹では申し訳ないと思い、あえて食べていないので腹はぺこぺこだった。

玄関から表へ出て土蔵に向かう。四月の日暮れだというのに、もうすっかり暖かい。さすがに仙台《せんだい》から四百キロ南下しただけあるなと、妙なところに感心して土蔵の重い扉を開けると、目の前にいた三人が一斉にこちらを見た。

囲炉裏というのか、真ん中に鍋が吊《つ》るされて四角く床を切った周りに、男、女、男と並び、一番左端に峠が座っていた。三和土《たたき》は土でできていて床が少し高くなっている。

「座ってくれ」

相変わらず和服姿で腕組みをしている峠が指示した場所に腰をおろす。

「この女は月乃小夜《つきのさよ》、こっちの男は小檜山《こひやま》だ。もう一人辻《つじ》という男がいるんだが、あいにく仕事で今日は出席できん」

食堂で名札を見たから名前だけは知っていた。小夜という女性は華奢《きゃしゃ》な雰囲気で、黄色の白衣みたいな服を着ていた。白衣がカラーというのは言語矛盾のような気もするが。小檜山は室内なのにソフト帽をかぶり、右手にパイプを持っている。

峠は、彼が青柳流太君だと、今度は君付けで二人に紹介した。

「よろしくお願いします」

会釈して流太が挨拶すると、簡単に自己紹介をと促された。仕事の中身と仙台で生まれ育ったことを話した。

「ほう、仙台ですか」

小檜山という男が言った。

「名は体を表すとも言いますから、もしや流太君は万事ものごとに流されやすい巻き込まれ型ではありませんか？」

「どうなんでしょう、自分じゃあまりわかりませんけど」

妙なところに食いつく人だ。さっきから漂っている甘い匂いは、この人のパイプの煙らしい。

「ところでテツノスケさん、今回集まったのは？」

小檜山という男の問いに頷《うなず》いているところを見ると、それが峠の名前らしい。和服姿で、姓は峠、名は鉄之介《てつのすけ》……素浪人？

「最近、周辺の住宅街でクマが目撃されているようなんだ」

「そのクマをクマ鍋にして食べるとか？」

小夜はハスキーな声でそう言うと、くつくつと笑ってつづけた。

「わたしも大学研究室の後輩から聞いたわ。大学に隣接した林の遊歩道に、〈クマ出没注意！〉って新しい看板が立ってたって」

猫背で、髪を後ろで束ね、紫色の眼鏡をかけている。

「近所のおばちゃんも目撃したそうだ。毛も薄汚れてみすぼらしい感じのクマだったらしい」

「何か他の動物と見間違えたってことはないのかしら」

「それは俺が答えられることじゃねえが」

腕組みしたまま峠はさらに解説をつづける。

買い物帰りのおばさんがご近所の家の横を通り抜けようとしたときに、よその家の勝手口に黒い何かがうずくまっているのを見て、空き巣を疑って近づいたら、なんとクマだった。それを見たおばさんはとっさに大声を上げた。

「そのときは運よくクマのほうが藪《やぶ》に向かって逃げていったそうだ。最初は四《よ》つん這《ば》いだったのに、最後は二本足になったっていうから、よほどびっくりしたんだろうな」

この時点で流太は気がついた。歓迎会を連想させる華やかな料理やアルコール、皿の類いがまるで見当たらない。

和服に、パイプ男に、オタクっぽい女子――これは何の集会だ？

「クマが二本足で歩きますかねえ」

小檜山が言ったとき、突然流太の背後で声がした。

「それが歩くんですよ！」

土蔵の入口へ目をやると、開いた扉から顔をのぞかせている若い女がいた。

その女性が中へ入ってくると、峠は「またお前か」と言った。苦笑いする男二人と違い、小夜はなぜか顔をしかめた。ずかずかと入ってきて座の真ん中に立つとスマホを取り出して素早く操作し、みんなに見えるように画面を向けた。

ユーチューブとおぼしき粗い映像にクマが映っていた。外国の住宅街らしき家並みの中を、前足を宙に突き出すような恰好《かっこう》の黒くて巨大なクマが、後ろ足だけで器用に歩いていた。

「この子、ブラックベアっていうヒグマの仲間なんだけど、どうも事故か何かで前足の一部を失ってるみたいなんです」

女は前置きもなく映像の解説をはじめる。

「この住宅街でよく見る個体で、住民もやさしく見守っている。動物と人間の良《い》い関係ですよね。野生動物は適応のために意外な能力を見せるし、思いもよらない行動に出ることもあります。クマの出没が全国的にすごく増えてますけど、新世代クマと呼ばれるこれまでにない習性を持った個体もいるので、これまでのクマ除《よ》けや対処法では逆効果になる場合もあると言われてます。くれぐれも事件解決の際は気をつけてくださいね」

誰？　という流太の疑問はずっと宙に浮かんだままだ。それにしてもクマに詳しくて、しかもとてもうれしそうに話す。

「あれ、もしかして新人さん？」

いま気づいたというように女が言った。髪は短く、細身のジーンズのせいでやけに脚が長い。まるで男の子みたいな女の子だ。

「さて皆さん、今回のこの事件どうやって解決します？」

「これはあくまでクマの出没であって、事件ではないでしょう」

小檜山が火箸で灰をいじりながら、にやけ顔で言う。

「ナヲちゃんはいつ見てもきれいな足してますねえ。おじさん、一回でいいからきみの生足を見たいんだけどなあ。いやほんと、一回だけ」

数秒睨《にら》みつけて「スケベおやじ」と呟《つぶや》いてから、彼女は話を元に戻した。

「でもね二足歩行するとしたら、アメリカのビッグフットとかヒマラヤのイエティみたいな生き物かもしれないじゃない。日本にもヒバゴンの目撃者がいたし、そうだったらこれはもう一大事件でしょう」

「なぜそんな未確認生物が、この東京の外れにいるんでしょう？」

冷静に返す小檜山に、彼女はなおも食い下がる。

「奥多摩のほうの山奥だったら、いてもおかしくないと思うけどな」

「まあ待て。事件か事件じゃないかという点はひとまず脇に措《お》くとして、少なくとも俺たちが乗り出すほどのものではない。普段の俺たちだったらな。部外者のナヲには、そのあたりの塩梅《あんばい》はわかりにくいだろうが」

彼女の名前、ナヲというんだなとインプットしておく。

「その部外者が、どうしてこの会議に顔を出すのよ」

それまで黙り込んでいた小夜が冷たく言い放った。二人の女性の外見は対照的だが、何やら因縁があるらしい。白々しい雰囲気が囲炉裏端を支配する中、流太は尋ねてみることにした。

「いったいこれ、何のための集会なんですか」

「探偵会議だ」

意味がわからない。

「ここ、シェアハウスですよね」

「シュアハウスだ、シュアハウス銀杏坂。間違えるな」

「その貸家の住人たちが、どうして探偵会議を？」

「ルールだからだ。ここで暮らす住人には探偵活動に参加する義務がある。参加したくないならここを出ていくしかねえな」

もしそれが事実だとすれば、明らかに仲介した不動産会社の説明義務違反ではないか。空腹のせいで澱《よど》んできた頭でぼんやり考えていると峠がつづけた。

「探偵活動をやるからには名探偵を目指すべきだ。そう思わないか」

小首を傾《かし》げて返事の代わりにした。あまり普通と思えないこの人たちに逆らうと、とんでもない事態に発展しそうで恐ろしい。

「では、名探偵とは何か。一に眼力、物事の真偽や善悪を見抜く能力だ。二に観察力、対象を客観的に注意深く見ること。三にテンセン力」

漢字が思い浮かばなかったので訊くと、点と線だと教えてくれた。

「点線力とは、点と点を結んで線にする力だ。もちろんかの名作から拝借している。四に行動力、特に私立探偵には不可欠の能力だな。そして五に飛躍力、これは論理的に考えていって煮詰まったとき、論理を飛躍させる力のことを言う。以上五つが俺が考える名探偵の条件である」

通常は話が進んでいくにつれて徐々に理解は深まるものだが、聞けば聞くほど混迷の度合いが深まるばかりだ。

「わたしはやっぱり乱歩《らんぽ》がいいな。名探偵じゃないけど、屋根裏を散歩したり人間椅子に入ってみたい」

小夜はそう言うと、くつくつと薄気味悪く笑った。眼鏡の奥が暗い光を放っている。アブナい、と思っていると小檜山も途端に表情を輝かせた。

「何といってもミス・マープルですよ。推理の原点はあくまでここの勝負ですから」

自分の頭をとんとんと叩《たた》く。

「何を言っとるか！」

峠が喜色満面で叫ぶ。

「やっぱりアルセーヌ・ルパンだろう」

「ルパンって探偵じゃなくて、怪盗じゃなかった？」

峠の発言に小夜が物申し、さらにつづけた。

「それに峠さんはどっちかというとポワロじゃない？」

「ポワロも悪かないが、俺はやっぱり……」

「脳細胞がまっ黒そう」

「誰がまっ黒だ。灰色だ灰色」

収拾がつかない。流太ひとりが蚊帳の外というか、蚊帳の中だ。この人たちの症状は、たちの悪い蚊に刺された後遺症かもしれない。

「おい、流太は誰なんだ」

「誰と言いますと」

「だから、好きな名探偵に決まってるだろ」

少し考えたものの、一つしか頭に浮かばなかった。

「名探偵といえば……コナン？」

全員が黙り込み、じっとこっちを睨みつけている。大きな溜《た》め息《いき》をついてから峠が言った。

「話題を変えよう。流太が入ってくるまでこのハウスの住人は四人、つまり偶数だった。この意味がわかるか」

「わかりません」

「おやおや、先が思いやられるな。いいか、偶数は多数決に不利だ。そこへお前が入ってきた」

「そう、これでめでたく五人、奇数になったわけです。ブラボー。あぁ、一刻も早く多数決がしたくなってきた」

興奮した小檜山と峠ががっちり握手を交わす。こめかみのあたりがしくしく痛んできた。

「そんなわけで、流太の歓迎会代わりってことで、クマ出没事件で探活してみようと思うんだが、どうだ？」

「青柳君のお手並み拝見ですか。それならやってみてもいいですね」

「捕まえたらクマ鍋ね」

疑問だらけだったが、結局質問タイムもないまま散会となり、全員があっという間に姿を消した。

土蔵を出て、具体的には何をすればいいのかと思い悩みながら歩いていると、後ろから「ねえ」と声をかけられた。振り返るとナヲが立っていた。

「よかったら、これから部屋に遊びにいってもいいかな」

まさかいきなりこの展開とは。

シェアハウス生活、たった二日目で？

彼女のどこかもじもじしている気配に、流太は胸を射抜かれた。彼女のほうで何かを撃ったつもりがあったかどうかはわからないが。

参ったな。

「ま、まだ部屋はとっ散らかってるけど」

「いいよそんなの。少しぐらい汚くたって気にしないよ」

いや汚くはないんだ、整理整頓が終わっていないというだけで。言い訳したかったが、これからはじまる熱い時間に部屋の清濁など関係ないと思い直す。

そこで気づいた。今夜はてっきり歓迎会だとばかり思っていたから、食事もアルコールも何ひとつ用意していない。まずい。しらふで女性と二人、個室で面と向かい合うなんて間が持たない。

「それじゃ酒でも買ってくるから待っててくれるかな」

「お酒なんて必要ないです。それにあたし、お酒はすごく弱いし」

わずかの時間も惜しむような彼女の言い草に、流太の期待は高まる。

部屋に入り、まだ荷物の入った段ボールを脇に寄せてから、窓辺にある自分の椅子に彼女を座らせ、折りたたみ椅子に流太が腰かけた。きょろきょろと室内を見回す彼女の横顔を盗み見る。

すっきりのびた鼻梁《びりょう》に、薄めの唇、切れ長の目。流太のストライクゾーンの外角高めぎりぎりをついてくる顔立ちだ。ついバットが出てしまうコースである。

最初はどんな話題から入るのが自然だろう。少ない手持ちの中から女子受けのいい話題をみつくろっていると、彼女が焦《じ》れったいという感じで口火を切った。

「もう話したくて話したくてさっきからずっと我慢してたの。昔、北海道で起きた三毛別《さんけべつ》のヒグマ事件って知ってる?」

「えーと、何の話ですか」

「もう、きみって記憶力が弱いのかな。クマの話に決まってるじゃない」

ずいぶん話題が巻き戻った。予想していたのとは違う方向に話がすっ飛んでいく予感がする。

「心の準備はＯＫ？　このエピソードは結構知られた実話だけど、本当に恐ろしい話だから途中でちびらないようにね」

それは本当に起こった身の毛もよだつ話だった。

大正四年、北海道の寒村に現《あら》われたヒグマが村人七人を食い殺し、三人の重傷者が出た凄惨な事件のことだった。冬のことで雪深い僻地《へきち》だったから遠くへ逃げることもままならず、獲物に執着する習性があるクマから数回にわたって襲われてしまうことになったらしい。

討伐隊が出動する大騒ぎとなり、仕留めたのは討伐隊を離れ単独で近づいていた、ヒグマ撃ち名人と名高いマタギの男だった。ツキノワグマに比べてヒグマは相当大きいが、その中でも極めて大きな体重三百キロをゆうに超す雄で、その個体は以前も他の地域で人間を食い殺していたことが判明する。

その後、事件の恐怖から人々は徐々に集落を去って行き、最終的には無人となってしまう。たった一頭のクマによって、一つの集落がまるごと消滅させられた――。

「そのヒグマは〈穴持たず〉といって、冬眠穴が見つからなかった個体だと考えられたの。冬眠の季節に冬眠できないわけだから、穴持たずはひどく凶暴になるんだって」

びびった。説得力がありすぎる彼女の話から、頭の中には映画さながらのリアルな映像が流れた。

銀杏坂周辺に出没しているのはツキノワグマだが、まさか冬眠できなかった個体じゃないだろうな。ヒグマに比べれば小さいとはいえ、中には百五十キロを超えるものもいるそうだ。そんなやつに出くわしたらひとたまりもない。

「それにクマの種類が違うとはいうけど、お腹《なか》が空いてるときの凶暴さには変わりがないんだよ。特に春先のクマは冬眠明けで空腹の場合が多いし、もし雌だったらなおさら獰猛《どうもう》になってるはず」

「雄じゃなくて雌のほうが獰猛なの」

「秋にどれだけ栄養がとれたかによるけど、冬に巣穴で子どもを産んだ雌だったら、子どもを守るのに必死だもん。ふだんは雑食のクマだけど、食べ物がなければ動物を殺してでも食べる。それが人間だとしても」

ぞっとする。彼女は人差し指を一本立てて言った。

「ところでここで質問。白クマは実は白くないって知ってる？」

「いや白いでしょ、どう見ても」

「正確には白クマじゃなくてホッキョクグマだけど、あの被毛の下に隠れている皮膚は実際には黒いの。しかも毛だって白いわけじゃなくて無色透明」

どういうこと？　そう呟いた時点で、完璧に彼女のペースに巻き込まれていた。

「じゃあ、どうして白く見えるんだ」

「毛は透明で全く色が着いていないんだけど中空構造、つまりストローみたいになってる。その毛の中にある空気の層が寒さから守ってくれるわけだけど、透明で光を通すから散乱光で真っ白に見えている、ということ」

「知らなかった。白クマが黒かったとは意外だ」

「逆に黒いクマは、本当は白いのかも」

へえそうかと感心しそうになったが、彼女はつづけた。

「最近あちこちで住宅近くに出没するクマが増えてきてるけど、何かのきっかけで人が食べているものを口にすると、味をしめて何度でもやってくる傾向が強くなるんだって。人間を見ると餌があるって学習しちゃったら、怖いよね」

それにしてもなぜ彼女は、これほどクマについて詳しいのだという素朴な疑問が湧いた。それを口にすると、彼女は薄く笑って答えた。

「動物が好きだからかな。ここの人たちってあたしが直接言っても聞く耳を持たないから、とにかくくれぐれも注意するようにきみからみんなに忠告してほしいんだ」

「俺は青柳流太」

「あたしのことはナヲって呼んで。ヲは、ワヲンのヲね。ここの住人じゃないけど、ここの人たちと知り合いだから心配なの。探偵活動で怪我《けが》したりしないかって」

ちょうどいい機会だ。さっきの会議のことや探偵活動とはいったい何なのか、ナヲに訊いてみようと思った。

「それなんだけどね。どうしてここで探偵をやらなくちゃいけないのかがわからないんだけど、いつからこんなことになったか知ってる？」

「いつからかはわからないけど、あたしが出入りするようになった頃にはもう普通に活動してたよ」

「いや、そういうのが好きな人がいて同好会的にやるって話だったら理解できるんだ。でも全員参加が義務はおかしいでしょ。俺はやるつもりはない」

「流太君は間違ってるよ」

決然たる口調で否定されたのでうろたえた。どこがどう間違っているのだろう。

「あたしは面白いと思う。だって事件を解決するとか謎を解くのって非日常的な行為でしょ。ほとんどの人たちが送っている平凡で退屈な日常からいっとき離れて、非日常の世界に戯れる。しかも仲間と一緒に。最高に楽しそうだと思わない？　あたしなんて参加したくてしたくて仕方ないのに、いつまでたっても部外者扱いなんだから。だから気分だけでも味わいたくて、ちょくちょくここへ遊びにくるんだ」

最初のほうでは目を輝かせ、最後には哀《かな》しげな眼差《まなざ》しで彼女は言った。

もしここでさらに探偵活動を否定したら、自分はナヲの眼中から完璧に消えることになるかもしれない。眼中にあるとしたらだが。

活動に参加しなければここを出ることになると峠は言った。家賃が安くて通勤にも便利な場所、それがここだったのだ。住みはじめてすぐに転居する煩わしさと、探偵活動の面倒さを考えてみる。

後者には恋の可能性が大きく広がっているという付加価値を考えれば、天秤《てんびん》にかけるまでもなかった。

「へえ、この部屋、古いけど造りがしっかりしてるんだね。壁は調湿作用が高い珪藻土《けいそうど》だし、天井の格子柄には杉を使ってるし。見直したよ」

「ナヲさんも住めばいいのに」

勇気を出して言ってみた。

「嫌だよ実家のほうが楽だもん」

あっさり否定された。

「さっきの話、くれぐれもちゃんと伝えておいてね」

最後に真顔で念押しするとさっさと立ち上がり、部屋に積み上げられた段ボールの間を縫ってつむじ風のように出ていった。東京に出てきたばかりの地方出身の男に、話したくてしょうがなかったクマの話を聞かせて気分がさっぱりした。彼女の顔にははっきりそう書いてあった。

呆然と後ろ姿を見送る。ここでの恋模様を——いまのところその気配は微塵《みじん》もないが——これから発展させるか消滅させるかは自分次第なのだ。

†

翌日の朝、ナヲの忠告に従って住人全員に伝えるため、大きな紙にでかい文字で注意書きを記して食堂に貼り出した。家の外の敷地内に生ゴミの袋を置いたりしないようにとの内容には、みんなから「そんなことする奴《やつ》なんているわけない」と非難された。

それもそうだと思いつつも、ナヲから聞かされた「三毛別ヒグマ事件」の妄想映像が脳裏をよぎったため、念のために流太が敷地内を巡回したところ、土蔵の陰の場所に果物や野菜の皮が捨てられているのを発見した。ちょうど土蔵の窓の直下だったため峠に確認すると、あっさり自分が捨てていると認めた。

「お願いですから、今後は生ゴミ捨てるのやめてもらえませんか」

流太は下手に出たつもりなのだが、峠は気に入らなかったらしい。

「おい新入り、ずいぶんと張り切ってるじゃないか。あんまり最初から飛ばしてるとすぐ息切れするから気をつけろ」

「別に張り切ってるわけじゃなくて、クマが怖いだけですよ。東京の人は自分たちには無関係と思ってるでしょうけど、仙台じゃ最近クマは恐ろしいほど身近な存在ですから」

流太が、ナヲの受け売りで例の事件のことをかいつまんで話すと、予想外に峠は鼻で笑った。

「俺を脅そうったってそうはいかん。現代の日本でそんなこと起きるわけがない」

「どうしたの、何を揉《も》めてるの」

小夜だった。彼女は大学の理系学部の研究員として働いていて、実験で徹夜明けとのことだった。峠が捨てた生ゴミのところへ連れていくと、彼女は憤慨した。

「クマの餌とか何とかいう以前に、敷地の中にゴミを捨てるなんてもってのほか。すぐ拾ってゴミ袋に入れて出してください。それから今後一切捨てるのは禁止！」

消え入りそうな声で「わかったよ」と答えると、峠はしぶしぶ掃除をはじめた。

「もしもここにクマが現われたら、峠さんの責任ですからね」

小夜のだめ押しのそのひと言が、現実になった。

ついに民家でクマの実害が出た。教えてくれたのは近所のおばさんだ。

会社帰りの流太がハウスの入口へ入ろうとしたとき、道を小走りでかけてくる姿が見えたので、何か用事かと待っていると「これ回覧板」とおばさんが手渡してきて、それから勝手に話しはじめたのだ。

「とうとう出たのよ、クマ」

あたりをきょろきょろ見渡してからつづける。

「第一発見者、わたし。怖かったわよもうほんとに」

峠の話を思い出した。きっとこの人の話だ。

「クマを見たのはおばさんだったんですか」

「誰がおばさんよ」

「すみません。お名前を知らないもので」

「まあ本当におばさんなんだからしょうがないけど」

そう言ってから、銀杏坂の途中の角に住む竹下《たけした》ですと自己紹介した。

「昨日の午後、もう夕方近く。わたしが買い物から帰ってきたとき、近所の佐々木《ささき》さんちのお勝手口のところに何か黒い塊みたいなのがうずくまっててさ、佐々木さんちはご夫婦とも日中いないはずなのにおかしいなって思って。それで何だろうと思って近づいたら向こうもこっちを見て、そしたらクマじゃない！　わたしもう、ギャーって叫んじゃって。だってあなた、クマと目が合ってごらんなさい、そりゃあびっくりするでしょうよ」

同じ話をもう何十回としているような安定感、そして若干の創作も混じっていそうな臨場感。

間違いなく峠の話の当事者だと思った。峠は又聞きでざっくりした話を耳にしただけかもしれない。

「けど向こうも相当驚いたんでしょう、びくっと振り返って立ち上がったと思ったら、そのまま向こうの林のほうへ走って逃げていったの」

「林なんてあるんですか、こんな街の中に」

「佐々木さんちの裏手が銀杏坂公園っていって、その先に雑木林がつながってるのよ。聞いた話だと、クマっていうのはなるべく人目につかないように木立や林の中を移動するんですって。それからこれも教えてもらったんだけど、突然クマと会っちゃったときに最もやっちゃいけない行動のひとつが、大声で騒ぐことなんですって」

「ああ、それは聞いたことがあります。クマって意外なほど臆病だから、びっくりして反射的に襲ってくることがあるって」

「わたしなんて思いきり叫んじゃったから、それで襲われなかったなんて運が良いっていわれて、もうぞっとしちゃって。けど佐々木さんちの被害、大変だったみたい」

無人の佐々木家に勝手口から侵入したクマは、冷蔵庫や棚などにあった食料をほとんど食べ尽くしていた。さらには家中の部屋をうろつき回った形跡も発見され、押し入れや簞笥《たんす》まで引っ搔《か》き回された挙げ句、物まで消えていたらしかった。

「クマって本当に、わたしたちが思っている以上に知恵のある動物なのねえ。こうやって話してるのを、その辺の物陰から見てるんじゃないかと思うと……」

そこでまたびくびくした感じで周囲に目を配る。

「他にもクマがやったんじゃないかって話があって、公園に面した林の大木がへし折られてたとか、深夜に会社帰りの女性が背後から襲われそうになったとか」

「その女性はどうしたんですか」

「たまたま歩いてきた男性二人組がいて、すんでのところで助かったみたい」

そこまでいくと犯人がクマなのかどうかわからないが、とにかく付近の住民たちの間で軽いパニックが起きているのは間違いない。

「警察には知らせたんでしょうか」

「どちらも被害届は出したみたいだけど、でも警察は猟師じゃないからどれだけ頼りになるんだか。でね、クマがよく歩き回るのは夕暮れどきと朝方なんだって。ほんと回覧板まわしも命懸けだわよ、こうなると」

そう言われて流太も怖くなって後ろを振り向いた。夕闇がもうそこまで迫っていたので早く建物の中に入りたかったのだが、竹下さんが袖を摑《つか》んで小声で言った。

「ところで最近は大丈夫なの？」

意味がわからないのと家へ逃げ込みたかったのとで、「ええ大丈夫です」と適当に答えた。一刻も早く立ち話を終わらせたいのに竹下さんはしつこく食い下がってくる。

「ここ、昔から出るとか出ないとか聞くからさあ」

玄関に向かいつつあった足が止まる。

「出るというのは、その、クマが？」

「クマなんて、わたしも住んでだいぶ長いけど初めてよ。そうじゃなくて、ほらわたしの口からだと言いにくいんだけど」

「まさか、幽霊とかそういう類いじゃないですよね」

竹下さんは口に手をあてて少し意外そうな、それでいてどこかうれしそうな表情で言った。

「そういえばあなた見かけない顔ね。もしかして最近引っ越してきた人？」

「はい、先週仙台から越してきたばかりで」

「だったら不動産屋さんから聞かなかった？　事故物件の話とか」

事故物件？　これ以上詳しく聞きたくない気持ちと、知らないほうがもっと怖いという気持ちがせめぎ合っていたが、お節介らしい竹下さんは教えてくれた。

昔からこの大きな一軒家にはよからぬ噂《うわさ》が絶えたことがない。いわく「幽霊屋敷《やしき》」だの「祟《たた》りの館」だの「家族全員失踪」だのの話題が、地元住民の間でまことしやかに囁《ささや》かれてきたという。

「いまじゃずいぶん人口が多くなってきて、代々暮らしてきた人たちと新しい人たちとがごっちゃになってきてるから、知らない人も多いのかもしれないけど」

クマの話といい、事故物件や幽霊、果ては家族の失踪……どれだけ呪われた家なんだ、シュアハウス銀杏坂。

「そんなわけだから、くれぐれもあなたも気をつけてちょうだいね。まあこの家に住む度胸があるぐらいだから、クマなんて怖くないかもしれないけど」

冗談じゃない。彼女が言うように本当にこの建物が事故物件なのだとしたら、不動産屋には客へ告知する義務があるはずだ。それも一つや二つじゃない、告知義務違反だらけじゃないか。

部屋へ戻りながら、ふと別の疑問も湧いてくる。現在の住人たちは周辺の人々が囁き合っているというその噂を知らないのだろうか。

全く一度も耳にしたこともないというのは考えにくい。住んで一週間にも満たない流太が知ってしまったというのに、あの見るからにお喋《しゃべ》りな竹下さんから一度も話を聞かされていないわけがない。

だとしたら、知っているのに住んでいるのか？


その夜、流太は緊急会合を要請した。土蔵だと探偵会議と勘違いされそうだったから母屋の食堂へ集まってもらった。

「どうした新入り、事件でも発生したか」

「そういうわけじゃなくて、近所の家にクマが侵入して大暴れしていった詳しい話を聞いたので、皆さんに伝えておこうと思って。住んでいる人は不在だったらしくて人的被害はありませんでしたけど、もう家中がめちゃくちゃに荒らされたみたいです」

峠、小夜、小檜山の前で告げると、一同が固唾を呑《の》むのがわかった。聞いた内容を、忠実にというより少し話を盛って伝えた。ゴミの問題を峠が真剣に聞こうとしなかったからだ。

クマと遭遇した場合の注意点もつけ加えた。特に小夜は深夜に帰宅する機会も多いからか、女性ということもあってかなり怖がっていた。今日も黄色の白衣姿の小夜は、後ろにまとめた髪をしきりにいじっている。

「小夜さん大丈夫ですか。そんなに脅かすつもりじゃなかったんですけど」

「自分の部屋にはそれなりに安全対策してるつもりだけど、相手がクマじゃセキュリティなんて効果なさそうだもの」

「僕も荒事は苦手なくちですからねえ」

そんなことを言いながら小檜山は悠然とパイプを吹かしている。

「だからここで皆さんの知恵を集めて、本当にクマが出た場合の対処法を考えようと思ったんです」

流太は会議の意図を告げて全員を見回した。和服に懐手の峠は不満そうだ。

「おい、新入りのくせになんで会議を仕切ってんだ。ああ？」

「どうだっていいじゃないのそんなこと。大至急考えなくちゃいけないのは、ハウスの敷地にクマが入ってきたらどうするかってことでしょ」

「もしいまクマが侵入してきたとしてもだな……」

峠が言いかけたそのとき、窓の外を何かの影が通り過ぎたように見えた。

「あの、いま外でなんか」

びくりとして全員が振り返った。峠が窓の外を見て言った。

「あのな小学生じゃねえんだ、ふざけてる場合か」

窓は建物の裏手、中庭のような空間に面していてその先に土蔵がある。

「ふざけてなんかないですって。本当にいま、影みたいなのが通り過ぎていったんですって」

みんなの目が再度そちらに向けられたとき、街路樹の逆光の中に黒いシルエットが浮かび、すぐに消えた。

明らかに人間と違う形をしていた。

小夜が吸い込むような小さな悲鳴をあげた。男たちは息を殺して窓の外を凝視した。大声をあげてはだめという竹下さんの忠告のおかげか、単に恐怖で黙り込んでいるだけなのかは流太自身もよくわからなかった。窓の外も静まり返っている。

残像にはくっきりと、尖《とが》った大きな鼻と二つの耳のシルエットがあった。しばらく黙りこくっていたが、小夜が囁くように言った。

「クマとか野生動物って火とか明かりを怖がるんじゃなかったっけ」

「普通のクマはそうですけど、一度でも人間の物を食べたクマは人間を食料と結びつけるから、逆に向こうから近寄ってくるって聞いたことも」

話しながら自分でぞっとした。ナヲから聞かされた三毛別のヒグマ事件を思い出した。小檜山が誰にともなく訊く。

「玄関の鍵、掛けてありましたか」

「わからないわ。今日最後に帰ってきたのは誰」

「この会議に最後に入ってきたのは……俺か」

「鉄之介さん、内側から鍵掛けました？」

小檜山の問いに、峠はやや時間をおいて答えた。

「忘れた」

「近所に出たクマは勝手口から入ったそうです。玄関の戸だって開けられるかもしれない」

「でも、引き戸だぞ？」

「クマの立場で考えてみてちょうだいよ。ドアノブに比べたら引き戸のほうがずっと楽でしょ！」

「まず玄関に鍵掛けろ！　何か武器になりそうな物を調達してくる」

おろおろしているうちに峠と小檜山がどこかへ消えた。流太はパニックになりそうな自分を叱《しっ》咤《た》する。みんなに三毛別の事件のことを話さなくてよかったと思った。

しかし、自分は知ってしまったのだ。クマは人を食べることがある。また、一度人間の食料に味をしめてしまうと異常に執着する。峠が捨てていた生ゴミの味を憶《おぼ》えてしまったのかもしれない。だとしたらクマを餌付けしたようなものだ。

「あの二人、まさか自分たちだけ部屋に逃げ込んだんじゃないでしょうね」

「まさか、いくらなんでもそこまでクズな人たちじゃないでしょう」

考えてみれば彼ら二人の性格などほとんど知らないことに気づく。

「そのまさかが、あながちまさかじゃないから怖いの。もう、こんなときに限って一番頼れる辻さんがいないんだから」

小夜は悔やむような口調で言った。宮大工をやっている職人さんで、とりあえず体格はいいし腕っ節も強いそうだが、寺の修理のため短期出張で奈良へ行っているという。

仕方がないので流太は怖々玄関へ行き、びくびくしながら鍵を掛けた。

窓の外に注意を払いながらそんな話をしているうち二人が戻ってきた。

峠は座布団を、小檜山はフライパンと手鍋を両手に持っている。なぜ調理器具が武器？　峠が四枚の座布団を抱えて近づいてくる。寄席で座布団を運ぶ係の人を連想させた。

「とりあえずみんなこれを持て」

流太も両手で受けとると、峠は「女を真ん中に、男三人で囲むようにしよう。流太、お前が前だ」

命令されるまま小夜の前に立つと、さらに峠からの指令が飛ぶ。

「よし、このまま前進」

「前進ってどういうことですか」

「安心しろ。万一のときは俺と小檜山も助っ人《すけと》として加勢する」

「いやいやいや、なんで俺がクマと闘う主役みたいな立ち位置？」

必死のその問いに答えはなかった。無言のまま両の肩を後ろからぐいぐいと押され、前に進む。というか、進まされる。

そろりそろりと団子状態のまま、クマを見かけた窓へと近づいていく。いつまでもクマが同じ場所にいるわけない、心配するなもう逃げてるって……言い聞かせているうち、じりじりと窓が近寄ってくる。

窓まで一メートルのところに来たとき、視界の端に黒い物体が見えた。

「ま、まだいます。黒いやつが」

肩を押す手が止まった。数秒の沈黙の後、峠が尋ねる。

「近いか？」

「いま裏の出口のほうへ向かって……あ！」

「どうしたの、向かってきた？」

小夜の声が震えている。裏口にある街灯の光が途切れるあたりで、それまで尻を向けて四つん這いで動いていたクマが不意に立ち上がった。次の瞬間、クマの姿は濃い闇の中へと消えた。

「出ていきました！」

「本当？」

妙な形でスクラムを組んだまま気を抜けない四人は、固まった状態で一分ほど待った。さすがにもう大丈夫と判断したところで、詰めていた息を一斉に大きく吐き出す。体中の力が抜け、全員がその場にへたり込んだ。

流太はちらっと見たクマの姿を思い出した。結構大きかった。ツキノワグマは遠くから一度だけ見たことがあるが、人間ほど大きくはなかった。

さっき見た個体はヒグマみたいに大きくて、立ったときの背丈は二メートル近くあったかもしれない。ひどく痩せていたのに、背中の毛が逆立っていた気がした。まるで何かに怒っているように。

†

翌日の夜、峠が流太の部屋へやってきた。朝一で市役所へ連絡して、敷地内をうろつくクマを目撃したと伝えたそうだ。

ところが、すぐには対応できないとの返答だったという。というのも、これまで市内にクマが出没したケースなど皆無だったため、害獣捕獲用の檻《おり》が市役所にはない。檻を所有している他の自治体はそもそも例年クマが出る地域なので、今年の春先からあちこちで出没が相次ぎ当然現在も使用中。よって、すぐには手配できない。

「まったくふざけた話だ」

峠は役所の対応に怒り心頭のようすだったが、無い袖は振れないだろうし、クマをおびき寄せた犯人が実は自分かもしれないことなど、すっかり忘れてしまったようだ。今日はみんな出払っていて流太と峠の二人だけだから、何だか心許《こころもと》ない。

「害獣駆除のハンターとか頼めないんでしょうか」

「お前はバカか。こんな市街地で猟銃なんか撃った日には、流れ弾がどこへ飛んでくかわかんねえだろうが」

「ああ、確かに」

「かといって、また出てくるかもしれないのに何もしないでじっとしてるのはあまりに無策だ。そこで、ひとつ俺にいい考えがある。罠《わな》を仕掛ける」

いたずらを仕掛ける子どもみたいに目を輝かせて峠が言った。

「誰が」

「俺たちでだ」

呆《あき》れて反射的に言葉が出なかった。

「えーと、罠を使ったことがあるんですか？　ていうか罠、あるんですか」

「あるわけないだろ」

峠は腕組みをして自信満々に答えた。何を考えているのだ、この人は。

「でも調べてみたら罠は入手できるようだし、仕掛け自体はそれほど難しいわけじゃないみたいだ。少なくとも、何もしないで手をこまねいてるよりはるかに建設的だ。自分の生活圏は自分たちで守る」

勇ましいことを言いながら、他人の部屋が気になるのか部屋をじろじろと眺め回している。室内を体で隠すようにして流太は言った。

「でも罠なんて結構値段高そうですけど」

「金は俺が出す」

特に自慢するふうでもなく言う。流太はまじまじと相手の顔を見た。峠を見くびっていたかもしれない。これまでの言動から、てっきりけち臭い男に違いないとばかり想像していた。

そういえば、四六時中土蔵にいる印象があって会社勤めの気配は皆無であるが、いったい何で生計を立てているのだろうといまさらながら疑問が湧く。

「その代わり、仕掛けは流太がやってくれ」

「やってみます。ところで……」

仕事は何ですかと尋ねてみようかと思ったが、やめた。大きなお世話だし、もし訊くのならば本人にではなく、小夜から教えてもらったほうがよさそうだ。

翌日は土曜日だった。どこから入手したのか峠が罠を持ってきた。大きくて重い金属製で、開いた口についたぎざぎざの歯で捕らえるトラバサミと呼ばれるやつだった。

「トラを捕まえるくらいだから、クマだって大丈夫だろう」

峠がなぜか自慢げに言う。指示されるままに裏口の横に仕掛けてから、すぐそばの植え込みに「仕掛け罠注意！」と手書き看板を掛けた。ここの住人はほとんど裏口を使わないが、念のためにである。

最後に餌を置かなければいけないのだが、クマは何が好きなのかがわからない。ひとまず峠の冷蔵庫に入っていたりんごにした。

「クマはりんごが好きなんですか」

「りんごと蜂蜜入りのカレーってのがあるじゃないか。クマは蜂蜜が好きらしいから、りんごも好きなんじゃないか」

理屈として破綻しているが、面倒なので従うことにした。

「ひとつ心配があるんですけど、餌を置くことでクマをおびき寄せてしまうことになりませんか」

「どうせクマは一回この敷地に入ってるし、賢いから餌を見つけた場所には何度も来るそうだ。それに餌がある場所を重点的に監視すればいいわけだから、俺たちもそのほうが楽だろ」

夜の八時を回った頃、流太は食堂で夕食を終えた。今夜はみんな出払っているらしく、母屋には流太一人だけだ。罠を仕掛けた場所は何度も確認したが、それらしき姿は見かけなかった。落ち着かないので部屋でテレビでも見ようかと立ち上がり、食器を洗って部屋に戻りかけたとき、かたりと音がした。このところ神経質になっていて外の物音に敏感である。

窓まで近づき外を見る……いた、クマだ。

罠の近くにうずくまっている。よく目を凝らしてみると、罠に掛かっているわけではなく餌のりんごもそのままだった。あいつはいったい何をしているのだろうと考えたとき、クマはとても賢いという言葉を思い出した。

そうか、あいつはりんごを取りたいものの、何か不穏な気配を動物的な勘で感じとっているのではないか。考えていると、クマは二本の後ろ足で立ち上がり、罠と餌の周りをうろうろと歩きはじめた。

本当に二本足で歩くのだと驚いた。ナヲが見せてくれた動画と同じだ。

やはりばれているのだろうかと思い、焦りが募ってくる。この調子だと、この場所にくれば餌にありつけるとすっかり認識してしまったのかもしれなかった。戸の鍵は全部かけているから家の中にいる分には危険はないはずだが、誰かが帰ってきたときに鉢合わせでもしたら大ごとだ。

クマの様子から想像すると、さらにばかでかい檻を設置したところでみすみす捕獲されるとも思えない。ということは、クマが捕まるまで流太たち住人はずっとこの恐怖や不安を抱えていかなければならないことになる。

そんなのは嫌だ。どうしてはじまったばかりの東京暮らしで、クマにおびえて生活しなけりゃならないんだ。この家はもちろん、銀杏坂の町内の人たちだって、このままではおちおち眠ることさえできない。

勝負を決するとすれば今夜しかない。

電話で峠に連絡して何か対策を考えるか？　いや、そんな悠長なことをしていたらまた逃げられてしまう。だいいちクマにトラバサミを仕掛けようとする人間に、これ以上の策を期待しても仕方がない。

やはり自分がやるしかない。でもいったい何を――。

そのとき、天啓のように閃《ひらめ》いたアイディアがあった。少々リスクは高いが、もしも思惑通りに事が運べばいけるかもしれない。肚《はら》を決めると早かった。

流太は自室へ行き、仙台から持ってきた趣味の品を段ボール箱から取り出し、クマがまだぐずぐずと居残っているのを確認し、スマホで峠にメールを入れてから玄関へ向かった。

家の壁に立てかけられたままの脚立を、なるべく音をたてないよう注意して屋根に登った。屋根で身を伏せながら中庭側の縁まで行き、そっと下を見る。諦めたのか、クマは立ち去ろうとするところだった。

そのとき、ぎぎぃと音がして、土蔵の入口から明かりがもれた。気配に気づいたクマが立ち止まり、土蔵のほうを見る。少しだけ開いた扉から顔をのぞかせた峠がきょろきょろと左右を見回す。

その様子をじっと見ていたクマは、少し迷ったようなそぶりのあとで体を向け直すと、ゆっくり峠のほうに近づいていく。峠はまだ気づいていない。

クマがその背後からそっと忍び寄っていく。はやる気持ちを必死になだめる。まだだ、慌てるな。もう少し引き付けてから……。

近くまで来たとき、峠は何かを感じたのか背後に顔を向けた。峠が凍りついたように足を止める。クマも、それにつられたように歩みを止めた。

屋根の直下にクマがいた。

いまだ！　流太は立ち上がると、用意していたものを地面に向かって投げつけた。

街灯の明かりにきれいな円形に広がった網が浮かび上がり、次の瞬間、ばさっと音がして庭へ落ちた。

薄暗がりの地面で、クマが身悶《みもだ》えしているのが見えた。全身をすっぽりと投網に搦《から》めとられ、ようやく事態を把握したのか、「ウォー！」と雄叫《おたけ》びを上げる。

呆気《あっけ》にとられて固まっていた峠が、母屋の玄関に向かって駆け出した。流太は足を踏み外さないよう気をつけて屋根から降りた。

小走りで玄関から入り、クマから身を守ろうとほうきを振り上げた峠に告げた。

「クマを捕まえました、一緒に来てください」

「暗くてよくわからんが、罠に掛かったのか」

「違います、いいから早く！」

峠の腕を引っぱって、無理やり庭へ行く。自ら網にぐるぐる巻きになってしまったクマは、すっかり観念したのか身じろぎひとつしない。地べたに座ったままで、すっかり疲れたというように頭を下げている。

「ど、どうするんだこれ」

「警察に連絡しましょう」

流太はスマホを取り出し、連絡する。

「でもこんな網、クマの力ならすぐに破って逃げちまうんじゃないか。そしたら俺たちもやばいぞ。怒ったクマは凄《すご》く獰猛になるって」

「……す、すみません」

「何をいまさら謝ってる。謝るぐらいなら、最初からこんな危ないことするんじゃねえよ」

「だから、あの、ごめんなさい」

「あのな流太、やっちまったものはしょうがないから、とにかく早く警察でも消防でもいいから連絡しろ」

流太は送話口をふさいで峠に言った。

「ちょっと静かにしてください、いま警察に事情を説明するところなんですから」

自分でそう言ってから、待てよと思った。一一〇番に電話してから、自分は峠と話していない。

「すみません……息が苦しくて……ここから、出してもらえませんか」

クマが喋ってる？

地面に横たわりぐったりして人語を話すクマを見て、流太は峠と顔を見合わせた。

銀杏坂周辺で出没していたクマの正体は、着ぐるみに入った人間だった。

森田《もりた》と名乗ったその男は、流太と変わらない年代の無職の若者だった。アルバイト先のイベント会社が倒産してしまい、未払いのままだった給料の代わりにもらったという着ぐるみをいくつも所有していた。かなり着古した長袖Tシャツを着ており、首の襟タグのところに大きな穴が空いていた。

「着ぐるみを売ってお金にしようとしましたけど、クマの他には無名のゆるキャラとか●●マンがあるだけで全然売れなくて」

森田を食堂につれてきて真相を問い質《ただ》していると、まるで事件の解決を待っていたように住人たちが帰ってきた。峠が尋問をつづける。

「クマの着ぐるみで何してたんだ」

「僕だって本当は働きたい。でもバイトを探してるうちに電気やガスを止められて、辛《かろ》うじて水道だけ生きてて、その水道も今月一杯で使えなくなると思います。そんなとき全国のクマ出没のニュースを見て、いけるかもって」

「いけるって、何がいけると思ったんだ」

「人間がものを盗めば泥棒になります。でもクマだったら罪になりませんから」

小夜と小檜山が顔を見合わせている。

「それにクマなら怖がられます。誰かに見つかっても向こうが逃げてくれると思ったんです」

流太は気になっていたことを尋ねた。

「害獣駆除で撃たれるかもって、考えたことなかったの？」

「この辺は街中だからまさかそこまではしないだろうって。それにもし鉄砲で撃たれたら撃たれたでしょうがないと思ったし、もう生きてたって希望なんてないですから」

刑務所に入れば食べ物だけは与えられる、そのために軽犯罪を繰り返す犯罪者の気持ちがわかる——。

最後に森田は、悔しい、と力なく言った。働きたくても正社員になれる仕事はなかなか見つからない。急場をしのごうと仕方なしにアルバイトをしても時給は安く、生活していくためにぎりぎりの金しか稼げない。食べていくのに精一杯だから光熱費の支払いに汲 々《きゅうきゅう》とする、そんな暮らしが何年もつづいた挙げ句にバイト先が倒産した。

もうすっかり疲れてしまいました。

いつも騒がしい食堂に沈黙が降りた。言葉の接ぎ穂を失った峠も、小夜も小檜山も黙りこくっている。

まだわずか二十代半ばの若者が、生きていく希望もないと語る。そんな社会に自分たちは生きている。胸が締め付けられる思いがした。ネットやテレビで知っているだけのニュースが、これほど身近でリアルな問題だなんて考えたこともなかった。

悔しいと呟いた彼の中には静かな怒りがあった。それが格差が広がる一方の社会に対する怒りか、誰がつくりあげたのかもわからない状況に、抗《あらが》う術を持たない自分への怒りなのかはわからない。もしかすると、森田本人にもわかっていないのかもしれなかった。

この間見た、森田が入った着ぐるみの背中の毛が逆立っていたのは、彼の内なる怒りの表れだったのかもしれない。

「そうそう、そういえば」

場の雰囲気を無理やり変えるような口調で峠が言う。

「さっき俺によこしたメール、あれ、どういう意味だったんだ。〈クマの件で相談したいので母屋まで来てください。クマにはくれぐれも注意してくださいね♪〉ってあったが」

「クマが罠の近くでうろうろしてるのが見えたんで、峠さんをおびき出して決着つけようと思って」

「決着って、俺を囮《おとり》に利用したってのか？」

「囮というか、餌というか」

この野郎と飛びかかってきた峠から身をかわすと、彼は蹴つまずいて転んでテーブルに顔をぶつけた。鼻血を出しながらなおも追いかける姿を見ていた森田が、初めて声をあげて笑った。

†

お茶を飲んで落ち着くと、鼻にティッシュを詰めた峠が言った。

「今回の事件はクマを捕まえて解決、じゃない。なぜならクマの中から人間が出てきたからだ。この人間をどうするか、それが決まって初めて事件は解決を見る。そうだな？」

皆がうなずく中、森田だけが不安そうな面持ちで住人たちの顔を見回している。

「ということで採決に入る」

峠が睥睨《へいげい》するように全員を見た。意見がある者は挙手でとの言葉に、まず最初に手をあげたのは小檜山だった。

「有罪。彼は近所の家に侵入して、食料のみならず物まで盗んだ。立派な窃盗罪、十年以下の懲役または五十万円以下の罰金に当たる。警察に通報すべきだ」

部屋がしんとした。正論だった。正論だが――。

壁には連絡事項を書き留める小さな黒板があり、そこに峠が意見を書いた。

次いで小夜が手を挙げて発言する。

「私の意見を述べます。確かに余罪はありますけれど、ここは見逃してあげるべきだと思うんです。情状酌量の余地があるというか」

「いつも言ってるはずだ」

峠が黒板に書きながら、小夜の発言を遮った。

「ここは別に法廷じゃないし、俺たちは裁判官でもない。あくまでただの探偵会議だからな。おい新入り、意見はないのか」

「俺は、森田君はアパートを引き払うべきだと思います。家賃を払えないんだから」

森田がぎょっとした顔をこちらに向けた。小夜がなじるような調子で言う。

「ホームレスになれっていうの？」

「いえ、そうじゃありません。この母屋にはいくつも空き部屋がありますよね。そこに仮住まいさせたらどうでしょうか。これは特に誰かが損をする話じゃないと思うんですけど」

重苦しい沈黙の中、黒板に意見を書き留めるチョークの音が響いた。書き終えた峠が流太の意見をしげしげと眺めて言った。

「ばかばかしい意見だな。他には？」

誰の手も挙がらなかった。

「それでは多数決を採る」

初めに小檜山の案が読み上げられる。賛成ゼロ……え、本人は？

次に小夜の案が読み上げられる。賛成……ゼロ。

最後に流太の案が読み上げられる。賛成……一、二、三、四……五人？

なぜか峠も両手を挙げていた。間違いではないかとよく見たが、峠が書き込んだ〈正〉の字は、確かに五人の賛成者がいることを示していた。森田を除いて四人しかいないのにどういうことだ？

流太の疑問を見透かしたように、峠が自分のスマホ画面をこちらに向けて見せる。近づいてのぞき込むと、画面の中に映った人物が挙手していた。黒いヘンリーネックのシャツを着た短髪の男性で、大胸筋が盛り上がっているのが画面を通してもはっきりとわかる。

「辻だ。彼も流太の解決案に賛成だそうだ」

スマホ画面で遠隔地から参加とは、何だかみんな本気だ。

小夜を見ると、眼鏡の奥の目が笑っていた。小檜山も満足そうにパイプに火をつけている。自分も賛成したくせに峠だけは不満そうな顔つきだが。

「僕は運が良かったです」

うつむいたままの森田は涙声で言った。

「クマとして捕獲されて、人としてこうやって生き延びることができるなんて。とてつもなく幸せ者です」

小檜山が肩をぽんと叩いて言う。

「アパート代なんて踏み倒せばいいさ。生きるか死ぬかの瀬戸際にいる人間が、世間体なんて気にしてる余裕はない」

「生きてくのが嫌になったら逃げればいいのよ、どこまでも。死んじゃだめ」

小夜がやさしく言った。

「今回の事件も見事解決！　お手を拝借、いよー」

峠の音頭で一本締めの音が食堂に響いた。峠が森田に告げた。

「ここの住人は、基本的には激安の家賃に魅力を感じて住んでるビンボー人ばっかりだから、きみに食料を提供する余裕などない。電気ガス水道も慎《つつ》ましい使い方をしていて、全員で割り勘するスタイルだ。しかし俺は違う」

自分を親指で示す。鼻の穴が膨らんでいる。

「俺は土蔵を一人で貸し切って暮らしてる。つまり余裕があるんだ。だから食料を調達するときは土蔵へ来い。ただしすぐにでもバイトを見つけて、その最初の給料が入るまでだ。ここはあくまで緊急避難シェルターだってことを忘れるな。いいか、絶対に立ち直るんだぞ」

森田は正座して何度もうなずきながら、声もたてずに涙を流していた。

この人たちはお人好《ひとよ》しだな。案外、ここは悪くないところかもしれない。


アドバイス通り、森田は翌日深夜に夜逃げしてシュアハウス銀杏坂に転がり込んできた。まだ寒さが残る季節だったから、峠がどこからか引っぱり出してきた電気こたつをあげた。そして空き部屋に住むにあたっての条件が付けられた。

家賃をただにするため家主には秘密にしておく。たまに管理会社の人間が見回りに来る際は絶対に部屋から出ないこと。そしてここで暮らせるのは一年として、それを限度に独り立ちできる経済力をつけること。しっかり念書を取って拇印《ぼいん》も押させた。

陽《ひ》の当たらない四畳半の部屋に、彼の唯一の財産ともいえる着ぐるみが積み上げられることになった。

数日後、食堂で夜食のパンケーキを食べる小夜の横で、流太が暇をつぶしていると森田が入ってきた。

「僕が捕まったときから不思議に思ってたんですけど、流太さんはどうして投網なんて持ってたんですか」

「仙台にいた頃、じいちゃんが趣味で投網をやってたんだ。遊び半分で小魚を捕まえてただけだけど、子ども心に楽しそうだなと思って教えてもらった。何年か前にじいちゃんが亡くなって、引き取り手のなかった投網を俺が形見分けとして貰《もら》った。網をきれいに丸く投げるにはコツがあって、意外に難しいんだ」

東京で住む場所を決めて地図を眺めていたとき、近くを小川が流れているのを見つけて、いつかやってみようと持ってきた。

居候ですからと、いくら勧めても決して椅子に座ろうとはしない森田の顔がほころんだ。

「投網かあ、面白そうですね。それに魚なら食料にもなるし」

「よかったら今度一緒に行ってみる？　うまくいけば夕食のおかずが一品増えるかもよ」

「魚の塩焼きなんて、久々に贅沢できそうです」

わはははと笑う二人の横で、小夜がぼそりと言った。

「……また一人バカが増えた」

第二話
逆・振り込め詐欺事件

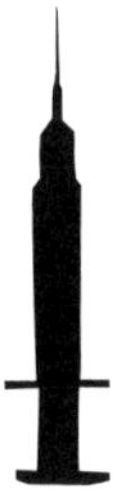

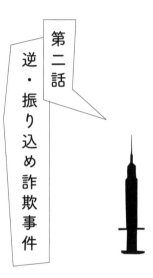

電話が鳴りつづけていた。廊下の真ん中にあるハウスの固定電話だった。春なのに寒い朝だ。

じりりん、じりりん、という電話の内部で本当に鐘を叩いているのではないかと思わせる呼び出し音が、廊下によく響いている。耳障りだった。ちらりと壁時計を見れば、まだ七時前だ。

スマホの時代に固定電話ってなんだよ！　と悪態をつくが電話は鳴りつづけている。

「うー、寒っ」

部屋を出て廊下の電話機に近づくと、角から見知らぬ男が現われた。受話器を取ろうと手を伸ばしたとき、男が片手を上げて制した。

「この電話は小夜さん専用だ」

遠くからぱたぱたと足音がして小夜が現われ、ようやく電話を取った。寝起きのせいでいつにも増してハスキーボイスだ。

小夜が話すようすを眺める男を横目で見る。肌寒い朝だというのに、ランニングシャツ姿で、裾がだぼだぼの作業ズボンをはいていた。

「あ、スマホに映ってた人！」

男がこちらを振り向いた。スマホで見たとき以上に胸と肩と二の腕の筋肉は太く、がっちりした体つきだった。

「青柳君だろう、写真で見たよ。鉄之介さんが送ってくれた」

「大工さんの、確か、辻さん」

「自分は、辻新《あらた》。よろしく。仕事は正確には宮大工だけど、まあまだまだ未熟者さ」

右手を差し出してきて、よく日焼けした顔をほころばせる。歯がまっ白だ。ここに住みはじめて初めてまともな人に会えた気がした。

「すみません、この電話に小夜さんしか出ちゃだめとは知りませんでした」

「それは教えなかったほうが悪いよ。滅多にかかってくることもないから、誰も気がつかなかったんだろうけど。いけね、もうこんな時間か」

辻は太い腕に巻いたごつい腕時計を見てからつけ加えた。

「何だか事件の匂いがする。今夜あたり招集がかかるかもしれないから、心の準備をしておいた方がいいな」

自分に言い聞かせたのか、それとも流太に伝えたのかわからないままの言葉を残して彼は廊下の向こうに消えた。やはり、この家にまともな人が住むわけがない。深刻そうな顔でまだ話しつづけている小夜が気になったが、出勤準備のために部屋へ戻った。

流太は東京に本社を置く印刷会社の社員で、仙台事業部での採用だった。入社から四年経《た》ったのを機に、東京本社の仕事を経験してみないかという上司の提案に乗ったのだった。最短で一年、状況次第では二、三年本社で働くことになるかもしれない。

その日の夜、辻の予想通りに会議が開かれることになった。囲炉裏をぐるりと取り囲むように、峠、小夜、辻、そして流太が座っていた。

「あれ、小檜山さんは」

流太が言うと、腕組みをした峠が嫌そうな顔で答えた。

「昨日からいない。連絡もとれない。おおかた仕事が終わってから飲み屋にでもくり出して、そのままどっかに泊まってるんだろう。あのエロ大王が」

「小檜山さんってそういう人なんですか」

「あいつはキャバクラに通うのが趣味で、普通の稼ぎじゃとても間に合わないほど金を使ってるんだよ。きれいなお姉さんがとにかく大好きでな。だから、家賃の安いこの家に住んで出費を抑えてる」

「あの人、人生のほぼすべてをそれに捧《ささ》げてるから。でも小檜山さんがそういうこと考えてるときの脳、一度機能的ＭＲＩで走査してみたいな。面白いデータが取れそう」

小夜が薄ら笑いを浮かべて言う。黄色の白衣という言語矛盾のような姿で言われると、何だか怖い。

「ある意味、潔いっちゃ潔いですが」

散々な言われようの不在者を辻がフォローした。

「下らない話はそれぐらいにして重要な話に入ろう。実は今朝、ハウスの電話に振り込め詐欺らしき電話がかかってきた。いわゆるオレオレ詐欺だ。これをぜひ事件にしたいという提案が小夜からあって、どうするか話し合いたいと思って集まってもらったわけだ」

事件にしたいという提案。どういう意味か測りかねていると小夜が言った。

「事件にして解決しようよ。お願い」

いつもはクールな発言の多い小夜だが、今日は珍しく力んでいる。今朝かかってきた電話の内容は、非常にありがちな設定だったらしい。

かけてきたのは息子を名乗る男だ。会社から預かった金を取引先に運ぶ途中、タクシーの中に忘れてしまった。数日中にどうにかしないと会社をクビになるから金を貸してほしい。ついては明日また電話して、上司に取りにいってもらうから駅前まで金を持って来てほしい。

想像力のかけらもない設定だ。こんな作り話で本当に引っかかって何百万円も払う人がいる、その事実のほうが流太にとってよほど興味深い。

そして驚いたのは、小夜がその話に乗ったという事実だった。声がハスキーで、しかも寝起きだったせいで詐欺の犯人は中高年だと思い込んだそうだ。

「特殊詐欺で騙《だま》されてるのは、圧倒的におばあちゃんが多いの」

「そう言われりゃ、ネットニュースとかで被害者として取り上げられるのも女性が多い気がするな」

峠がそう言うと、小夜は大きくうなずいた。

「何年か前に発表された警視庁のデータだったと思うけど、被害者の六〇％以上が六十歳以上の女性なんだよ。実はわたしのおばあちゃんも前に一度引っかかって」

三人で顔を見合わせた。こんな身近にも振り込め詐欺の被害者がいたとは意外だった。

「廊下にあるあの固定電話、わたしのおばあちゃんのものなんだ」

小夜が説明する。実家を出て一人暮らしをはじめるとき、おばあちゃんの休眠電話の権利をもらって設置した。携帯電話があるからいいと言ったけど、どうしても固定電話が必要だって説得されてしまった。ああいう詐欺をする人たちの間では名簿が出回ってるらしく、過去にお金を騙しとることに成功した人、つまりおばあちゃんの電話番号を知っててかけてきたんだと思う。

「なるほど、その推理は充分成り立つな」

「女性として絶対に許せない、機会があったら復讐《ふくしゅう》してやりたいって前からずっと思ってた。わたし、根に持つと長引くたちなんだ」

過去の復讐譚《たん》でも思い出しているのか、くつくつと思い出し笑いをする。

「おばあちゃん、騙されたことをずっと悔やんでて何度もその話を聞かされたの。せっかく千載一遇のチャンスがきたわけだから、わたしは一人でもやるつもり」

眼鏡の奥には決然とした光が宿っていた。

「詐欺犯の心理を想像して分析すれば、ターゲットとしてはやっぱり引っかかる確率の高い高齢女性を狙うと思う。だから引っかかった振りをする役目なら女がいいし、そのほうが犯人が引っかかる確率は高くなると推測できるし」

峠は腕組みし、辻は指で顎を揉んでいる。辻が言った。

「けど、犯人は金を取りにくると言ってるわけでしょう。やっぱり無理があるんじゃないすか、小夜さんがおばあさんの役を演じるのは」

「俺も声色をつくったところでばあさんまでは難しいと思うぞ。いくら嗄《しゃが》れ声だと言っても」

「心配いらないよ。声なら一晩で完璧に仕上げてみせるから」

「仕上げるって、どうやってです？」

流太の素朴な疑問に小夜は恐るべき案を提示した。

「大丈夫。一晩、薄い布だけ掛けて裸で寝れば確実に風邪をひく。わたしの過去のデータからもそれは確実」

聞けば彼女は、子どもの頃から風邪をひくとまっ先に喉にくるタイプで、現状よりもさらに輪をかけたがらがら声に変わってしまうという。高校生まで演劇部だったから、多少の演技力はあるし短い時間なら騙せる自信があるというのだ。

「小夜さん、裸で寝ることがあるんすか」

恥ずかしそうに辻が訊くと、彼女はそっけなく言った。

「真夏に暑くて寝苦しかったりするとそのまま寝ることはあるかな」

「まるでマリリン・モンローじゃないか」

峠が困ったようなうれしそうな顔で言う。話を聞いた途端にマリリン・モンローのヌード姿が流太の頭に浮かび、次にその顔だけが小夜のものとすげ替えられ、しまいには目の前の彼女が一瞬ヌードに見えた。

数日前、洗顔直後で眼鏡をかけていない小夜を初めて見て、かなりの美形だと知って驚いたときの残像が頭にあった。慌ててその妄想を追い払っていると、辻が言った。

「青柳君、鼻血出てるぞ」

「ヌード姿を妄想して鼻血か。ふ、若いな」

「なにを想像してるのよ、気持ち悪い」

小夜が胸の辺りを両腕で隠すようにして言った。流太は恥ずかしさにうつむき、ティッシュを鼻に詰めたまま会議は続行された。

「それじゃばあさん役は小夜を信じて任せるとして、俺たちはサポートする側として受け渡しにどんなパターンがあるのか事前に調べておこう。相手がどう出ても可能な限り対応できるよう万全の準備をしておくんだ」

「あの、騙されたふりをすることに決まったんですか。ここは警察へ連絡したほうが良くないですか」

「逆に流太に訊こう。滅多にない機会が向こうから飛び込んできてくれた。なのに探偵として乗っからないとしたら、その理由は何だ？」

「探偵としてと言われても……」

流太の戸惑いをよそに会議はどんどん進んでいった。特殊詐欺の金銭授受にはいくつかのパターンがあるらしい。銀行まで行かせてATMを操作させる振り込め詐欺の他に、家まで直接取りにくるものや、駅など離れた場所まで足を運ばせることもあるそうだ。

それにしても、と不安に駆られてくる。この人たちは振り込め詐欺グループと本当にやり合おうと考えているのだろうか。

「騙されたふりをして犯人たちをおびき出すのはいいとして、それからどうするつもりですか」

「決まってるだろう、とっちめてやるんだよ。とっちめる具体的な方法はあとから考える。探偵活動を見くびるな、やると言ったらとことんやる」

誰に向かって啖呵《たんか》を切っているのかよくわからない。話半分に聞いていたのだが、どうも本当に本気で犯人たちと渡り合うつもりらしい。目は真剣そのもので表情にも緊迫感がある。これまでにも何度かこんな経験をしてきたのだろうか。

乗り掛かった船だと流太も肚をくくる。万が一外へおびき出された場合に備え、辻と流太が尾行できるようにスタンバイし、峠はいつでも連絡がつくようハウスで待機することになった。辻が困ったように言う。

「尾行か、参ったなあ。自分、どうも苦手で」

「辻はガタイがいいから街中なんかでも目立つだろう。小檜山は上手《うま》いんだが連絡が取れないときてるしな。流太は尾行の経験は？」

あるわけがない。尾行経験があるとしたらその人物は本物の探偵か、怪しい趣味を持っているかのどっちかである。

「経験はないですけど、意外にいけるんじゃないかって気もします。子どもの頃はかくれんぼが得意だったし」

ティッシュを詰めたまま笑う流太に、全員の引きつった顔が向けられた。

「小夜の安全がかかってる、くれぐれも用心深く頼むぞ」

辻とともに頷きながら、内心で流太は（任せてください）と自信満々で答える。この間の事件を思い出していた。

ここへきて最初の事件をいきなり解決したのは自分だ。そんな自負心が芽生えていた。

†

翌朝八時半過ぎ、ふたたび廊下の固定電話が鳴り響いた。

自室のドアを細く開け、流太は片目で電話を凝視していた。電話台をはさんだ向こう側では、やはり同じように辻が顔だけ出している。

廊下の向こうから電話台に近づいてくる者がいた。よぼよぼした足取りで、腰は曲がり、壁に片手をつきつつ歩いてくる。

小夜だった。小夜だとわかっているのに老婆に見えた。いかにも重そうに受話器を取り上げたところで、こほんこほんと咳《せ》き込む。

「はい、もしもし、どちら様でございましょう……」

声はすっかり嗄れ、言葉遣いも含め、計算し尽くされた演技だ。完璧に老婆の役作りがなされている。凄い。流太は心の中で唸《うな》った。

彼女はもう小夜ではない、小夜婆《ばあ》だ。すっかり感服していると小夜婆が言った。

「……ああタカシかい？　電話を待ってたよ。それにしてもひどい目に遭っちゃったものだねえ……うんうん、お前も知っているようにあたしは贅沢なんて無縁な暮らしだからね、少しぐらいの蓄えならあるから大丈夫だよ……昨日の夜はずいぶん悩んだけど、ようやく決心がついたから」

小夜婆の会話がつづいている。流太と辻が息をひそめてじっと見守る中、彼女はいくつか確認して、最後に「それじゃ後でね、心配いらないから」と告げると電話を切った。

両手を受話器においたまま、小夜婆は肩で何度も大きく呼吸している。流太と辻がそっと近づくと、初めて気づいたというように顔を上げた。

「どうでした、相手はすっかり信じたようですか」

辻が首尾を確認する。

「たぶん大丈夫だと思う。この声、若い女に聞こえる？」

辻と流太は首を大きく横にふった。

「ジャニス・ジョプリンかと思いました」

知らない名前を辻が口にすると、小夜の表情がかすかに緩んだ。

「ありがと。でも役作りのための努力としてはやり過ぎたかもしれない……これ」

小夜は電話台で書き付けたメモを手渡すと、来たときと同じようによろよろした足取りで部屋のほうへと戻っていった。二人でメモを確認する。

〈二百万円　東京西部銀行銀杏坂町駅前支店　十三時〉

この部分だけはしっかり読みとれたが、他の部分にも走り書きがあって、息子役の掛け子が金を失《な》くした経緯や、金を用意できなかった場合に訪れるであろう悲惨な状況などが書いてあるらしいが、ほとんど判読できなかった。いずれにしても初めから嘘《うそ》だとわかっているわけなので、重要なところだけわかればいいのだ。

峠がやってきた。小夜の熱演ぶりを伝えてメモを見せると、彼は表情を引き締めて言った。

「第一段階は見事クリアだな。問題は次だ。詐欺でも誘拐の身代金《みのしろきん》でもそうらしいが、こういう事件で最も難しいのが現金の受け渡しだ。俺たちからすれば最大のチャンスだが、相手にとっちゃ最大のリスクを背負う場面だからな」

「最近は騙されたふりをして警察に協力して逮捕につながるケースもあるようですから、犯人のほうも多少は警戒してくるでしょう」

「ついこの間もネットニュースに記事が載ってましたよ。ところで峠さん、お金はどうするんです」

「俺が出す」

峠が唐突に太っ腹なことを言うので驚いた。思わず辻の顔を見ると、納得しているような表情である。

「問題ない。どうせ戻ってくる見せ金だ」

ぽんと二百万円も出すというのは、峠は相当金を持っているのだろうか。誰かに貸すのとは訳が違う。相手は犯罪者なのだから、取り返せない可能性だって高いはずだ。

「自分から出ていった金は、必ず自分に戻ってくる。それが俺の信念だ。とにかく事件解決の鍵は辻と流太の尾行にかかってる。くれぐれも小夜の安全第一で頼む」

東京西部銀行銀杏坂町駅前支店は、繁華街の端にある。駅前商店街と飲食店街の境目という立地だ。

辻と流太とで二人一緒か別行動かを話し合った結果、別々に尾行することにした。相手がすっかりこちらの言い分を信用しきっていると考えるのは危険だし、一人で来るとは思えなかった。

どこかに別の見張り役を配置していると予測すべきで、少しでも向こうの網に引っかかりにくくするにはそうしたほうがいいと判断したのだ。

緊急時以外は、電話やメールのやりとりは禁止。事態に動きがあった時点で小夜婆に近いほうが尾行に入り、片方はそれをフォロー。小夜は犯人に現金を渡した時点ですぐに現場を離脱、扮《ふん》装《そう》は解かないまままっすぐハウスへ帰宅。そういう手筈《てはず》である。

別れ際、ちょっと気になったので尋ねてみた。

「辻さん、もしかして好きな探偵っています？」

意表をつかれたという表情を浮かべた後、少し照れくさそうに言う。

「マーロウかな、フィリップ・マーロウ」

「誰ですか、それ」

「強くなければ生きていけないっていう台詞《せりふ》で有名な、アメリカの私立探偵さ。好きというより、男としての憧れかな。青柳君は？」

いません、とだけ答えて別れた。

流太は道の向かいにあるファミリーレストランの窓際で、辻は銀行の二軒隣にあるドーナツショップでそれぞれ張り込んでいた。張り込みとか尾行とかの言葉を自分が口にしていると、本当に探偵になった気分になってきて嫌でも緊張が高まってくる。

銀行出入口の壁にもたれかかるようにして小夜婆が立っている。時折、所在なげに辺りを見回すようす、腰と膝を軽く曲げた弱々しげな姿勢、どこからどう見てもくたびれた老婆だ。

あと数分で十三時というとき小夜婆に異変があった。両手で握りしめていた巾着袋に手を入れ、何かを探している。二百万円という大金を確かめているのだろうかと目を凝らして見ていると、携帯電話を取り出した。

電話が入ったらしい。思わず流太は身を乗り出して窓ガラスに顔を近づけ、何が起きつつあるのか把握しようとした。

電話を耳に当てたまま、何かを確かめるように小夜婆が周囲を見渡す。何度か頷いて電話を切ると、いったん頭を下げて足元を見た。

いや、見ているのではない。何ごとかを考えている、あるいは迷っている。不測の事態が起きているのかもしれないと思い至った。

席から立ち上がり、慌ててもう一度座った。落ち着け。

時刻を見ると十三時三分だ。いまの電話は犯人からだったのか。

辻に連絡するか？　いや、緊急時以外はやりとり禁止だ。が、いまのこの状況が果たして緊急時なのかどうかの判断がつかない。

スマホが鳴った。辻からのメールだ。向こうも気づいたらしい。

〈移動したら自分が行く〉

待ち合わせ場所を移動させられる可能性はあると事前に話し合っていたから、想定の範囲内ではあった。

小夜婆が歩き出した。銀行から繁華街のほうへ行くようだ。ドーナツショップの前を通り過ぎて十秒ばかり経過したとき、店から辻が出てくる。支払いをすませてスタンバイしていた流太も、ファミレスを出て繁華街の方向へ向かった。

繁華街の外れを通る狭い小路《こうじ》へさしかかったとき、小夜婆が左へ消えた。距離をとってついていった辻が、少し遅れて小路へ入っていく。

流太は小路の前を通るときに辻の大きな背中を確認した。いったん通り過ぎてから、まるで何かを思い出したという素振りをしてから、きびすを返して小路を奥へと進んでいく。いまの、探偵っぽいな。

猥雑《わいざつ》な通りだった。居酒屋やスナック、怪しげなグッズショップなどが建ち並ぶ中、遠くに辻が見えた。時間が中途半端なだけに人通りはまばらで、これなら尾行がやりやすい。同時に、自分たちの姿も相手に見つかりやすいと気づく。

気づいてしまったことで、流太は歩きながら反射的に後ろを振り返ってしまった。

若い男が一人、十メートルばかり後方から歩いてくる。

思わず立ち止まって前を見た。辻が角を右に曲がって消えた。もしもこの若い男が犯人の一味だったら、辻と流太の尾行がばれてしまう。

迷ったがそんな時間はないと瞬時に判断し、辻が曲がった角へと急いだ。小路を折れると辻の背中が遠くにあった。疑心暗鬼が生じて流太は再度振り向いてしまう。

若い男の姿は消えていた。飲食店街の裏側出口が見えたところで、小夜婆が立っている姿が突然目に飛び込んできた。

どきりとしたが、なるべく態度を変えないように見ないように注意して横を通りすぎる。小夜婆はこちらを見ることもなく、視線を落としたままでじっと佇《たたず》んでいた。

行き過ぎて少し進むと小さな公園があった。辻はどうしたのだろうと考えながら公園にさしかかったとき、茂みの陰に彼が隠れているのが見えた。流太はさらに歩き、ふと思いついて自動販売機の前で立ち止まった。

緊張で喉がからからだったからちょうどいいと考え、飲み物を買ってひと息に半分ほど飲んだ。小夜婆が待っている場所は、すっかり錆《さ》びて古ぼけたアーチ状の看板の下だった。〈ようこそ極楽通りへ〉とある。

見るともなしに見ていると、小夜婆は再び携帯を取り出して会話をはじめた。袋にしまうといまきた小路を戻っていく。これはまずいのではないか。

嫌な予感がした。辻が公園から出てきて尾行を再開したので、仕方なく流太もあとをつけていく。

犯人たちは疑っているか、または尾行に勘づいているのではないか。考え過ぎであってほしいと願いつつ、その後も何度か移動させられた。

ホルモン屋と雀荘《ジャンそう》の間の狭い路地を抜け、公衆便所の横を通り過ぎると、さっき通った小路へ戻っていた。このまま同じ道を何度も行ったり来たりさせられるのではないか。そんな疑いを抱きつつ、中華料理屋の角を右へ曲がり、さっきとは別の公衆便所の前まできた時点で、流太は辻を見失っていた。そして小夜も。

緊急時の連絡先である峠にメールで報告すると、すぐに返信がきた。

〈その場で待機!〉

身を隠そうと古いビルの通路に入って指示を待った。振り回されて尾行しているうち、いつの間にか駅前近くまで戻っていた。

数分後、メールが来た。辻からだった。

〈見失った。いまどこ？〉

顔からすーっと血の気が引くのが自分でもはっきりわかった。こいつは本当にまずいことになってきた。相手は狂言だと見破ってしまったのだろうか。だとしたら小夜が危ない。

頭の中が白く濁り、スマホを持つ手が震えた。落ち着け、落ち着くんだと必死で自分に言い聞かせる。

流太も見失った旨を返信してから、小夜に直接連絡してみようと思い立つ。一か八かの賭けだ。

最初にメールを送ることにした。少し待ったが返信はなかった。

次は直接電話を入れた。プップップッという信号音の後で、〈おかけになった電話は電波の届かない場所にあるか、又は電源が入っていないためかかりません〉とアナウンスが流れた。

焦りが募る。いったんこうなってしまった以上、ただ突っ立っていたところで事態は解決しない。もう一度同じコースを辿《たど》ってみよう。

銀行から繁華街、極楽通り、そして公園と自販機を早足でまわる。さっき缶ジュースを飲んだのが遠い昔のように感じられた。そこから郵便局、そして辻を見失ってしまったスーパーの駐車場——。

それからも手当り次第に当てもなく捜しまわったが、どこにも小夜の姿はなかった。呆然としているとメールが届いた。峠からだった。

〈撤収！　作戦を練り直す〉

ハウスの土蔵に帰ると辻はすでに戻っていて、峠と二人で黙りこくっていた。

「すまない。自分の失策だ」

峠と流太を交互に見て、辻は深々と頭を下げた。

「違います、俺のせいです。俺が辻さんを見失ったから」

「どうしてまかれた」

峠が叱責するような口調で言った。

「極楽通りから郵便局前、次にスーパーの駐車場、それからまた極楽通りに戻った小夜さんが、女性トイレに入ったところまでは尾行できたんですが……」

「あの汚い公衆便所か？」

すっかりしょげた辻が力なく頷く。

「そうか、あの便所を利用したんだな」

「どういうことですか」

峠が解説する。

「極楽通りには中に便所のない店が多い。それでいくつか公衆便所があるんだが、その中の一つだけは二つの小路に面した構造になってるんだよ」

つまり、出入口が二ヵ所ある便所なのだという。尾行していたとはいえ、まさか辻も女性トイレに入って確かめるわけにはいかなかったから、小夜が入った入口が見える位置で待機した。ところが五分経っても十分経っても出てこない。さすがにおかしいと思った辻が試しに男性トイレに入ってみると、反対側の陰に小さな出口があった。そしてきっと女性トイレも同じ構造なのだと気づかされた。

「しまったと思ったときには遅かったんです」

「くそっ！」

峠がテーブルを叩く。三人の間に重苦しい沈黙が覆《おお》い被《かぶ》さってくる。

そのとき、どこからともなく猫が現われた。三毛猫だった。土蔵の扉が閉まっていたので流太は尋ねた。

「峠さん、猫飼ってるんですか」

「飼ってねえよ。こいつは小夜がヌシと呼んでるが、この蔵のどっかに隙間でもあるのか、いつも突然現われやがるのさ」

猫はまるで知らんぷりで、壁際の棚の上に音も立てずにひょいと飛びのった。

「これからどうしましょう、鉄之介さん」

「どうしましょうったって、俺だって必死に考えてるんだがいったい全体どうすればいいんだか」

言ったきり頭を抱え込んでうつむいてしまった。二百万円を立て替えると言ったときはうっかり尊敬しそうになったが、案外打たれ弱い人なのかもしれない。または逆境にものすごく弱いか、だ。

流太は励ますように言った。

「でも、考えてみれば犯人たちの目的はあくまでお金であって、老婆である小夜さんじゃないはずです。だから小夜さんに身の危険はないんじゃないですか」

「ばーか、狂言はとうにばれてるんだ。小夜が実はばあさんじゃなく若い女だってこともばれるかもしれない」

嫌な想像が膨らんでくる。正真正銘、緊急事態だ。

気を取り直して、電話が入る可能性を考えてハウスへ移動しようということになった。食堂へ入るとすぐに、峠は落ち着きのないようすでどこかに消えた。

まるで見計らっていたように固定電話が鳴った。

流太は辻と顔を見合わせる。立ち上がりかけた辻を手で制して、流太は電話台までいって静かに受話器を取った。失策を取り返したいという気持ちだった。

「はい」

「ずいぶんとなめた真似《まね》をしてくれたじゃねえか。こういうおいたをすると高くつくってこと知らねえのか、ああ?」

しらを切るべきか迷ったが、これ以上相手を刺激するのは得策ではないと判断し、すみませんでしたと謝っておく。耳を澄ませ、受話器の音に集中する。

「金を用意しろ、さっきと同じ額だ。ミスは倍づけだ、よぉく憶えておけ」

「そんなこと言われても……そんな大金用意できません」

「なら、あの婆さんに死んでもらうだけだ。お前、あの婆さんの何だ? 息子にしちゃ声が若すぎるな」

「孫です」

とっさに嘘をついた。同時に、いまは相手の言うなりになっておくほうがいいと直感した。

「お、お金はどうにかしてかき集めます。必ずどうにかしますから、おばあちゃんはいつ返してもらえますか？」

「明日だ。明日の午後一時」

「わかりました。親に頼んで絶対どうにかしますから、おばあちゃんに手荒なことはしないでください、お願いします」

「わかってると思うが、警察に連絡すれば命はない。忘れるな」

ありがちな捨て台詞のあと電話は切れた。押し寄せてくる不安を無理やり押し返す。

峠は部屋に戻っていた小檜山を連れてきた。峠、辻、小檜山、そしてソファの上には猫がいる。

流太がいまの電話の内容を説明すると、侃々諤々《かんかんがくがく》がはじまった。

「小夜の身代金って、筋から言えば誰が払うことになるんだ」

「やっぱり親御さんじゃないですか」

「とりあえず実家に電話してみたらどうでしょうか」

「誰が」

「そりゃあ峠さんですよ、年齢からいっても。リーダーなんですよね？」

「俺は別にリーダーじゃねえ」

「自分が電話します。今度の事件は自分にも責任がありますから。電話番号教えてもらえますか」

「小夜の実家の番号なんて知らねえぞ。東京の生まれ育ちって聞いたことはあるけど、家がどこなのかもわからねえ」

「………」

それまで黙って聞いていた小檜山が口を開く。

「まだそんなに慌てなくていいでしょう。土壇場でこそ性根が試されます」

「ひとまず探偵活動は横に措いといて、ここでこそ常識的に判断すべきところだと思います」

流太が提案すると、峠が睨みつけてきた。

「お前の言う、その常識的な判断ってのは何だ」

「警察に届けるんです。誰だってそうするでしょう」

「けっ、下らねえこと言いやがって。官憲は嫌いなんだよ」

ここだけは引き下がれないと流太は思った。この間のクマ出没とは訳が違う。今度は小夜が拉致されてどこかに監禁されていて、本当に命の危機が迫っているのだ。

「下らなくなんかないです。むしろ至極まともなことを言ってるつもりですけど。他の皆さんはどうですか」

しばしの沈黙の後、小檜山が口を開いた。

「青柳君の提案は、たしかに真っ当だ。ただ、少々真っ当過ぎる」

呆れた。どういうことだ。

「だって小夜さんの命がかかってるんですよ？　いま最優先なのは小夜さんが無事戻ってくることじゃないですか」

「そう、だからこそさ。いいかい、誘拐事件では誘拐されたあと二十四時間を過ぎると、被害者が殺害される可能性は極めて高くなると言われてる。つまり多くの場合、身代金は既に死んだ人間のために支払われてることになるわけだ」

絶句した。本当だろうか。ハウスの住人たちの噂を信用すれば、小檜山のこの手の話は信憑《しんぴょう》性が高いというのだが。

「生きた人間を拉致するような輩《やから》というのは、そういう人間のクズばかりだってことを忘れないほうがいい。そしてもう一つ、警察に通報すれば命はないという常套句《じょうとうく》。今回の事件で推理すれば、犯人たちの目的はあくまでも特殊詐欺、つまり金だけです」

小檜山はそこで指を一本立てた。

「誘拐犯とはそこが決定的に違う。誘拐事件で被害者がすぐに殺害されてしまう最大の理由が、人を生かしたまま何日も隠しつづけるのは想像以上に困難だという事実だ。逃げられない空間を用意し、定期的に食料を与え、物音も聞こえず緊急の連絡手段も見つからない場所。青柳君はすぐに思いつくかい？」

不意にふられて答えに窮した。咄嗟《とっさ》に頭に浮かんだのは、埠頭《ふとう》沿いの倉庫とかそういう凡庸なものだけだ。

「詐欺事犯というのは、警察では知的犯罪を扱う部署が対処することが多い。殺人や暴力団相手の部署ではないし、暴力団でも利益のない殺しはめったにしない。さっき言った人間のクズにも二種類ある。人を殺せるクズと、人は殺せないクズだ。詐欺事件に関わるのは、ほとんどが後者だ。そして僕が警察に知らせなくてもいいと考えている根拠の一つが、特殊詐欺犯には必ずアジトがあるということ」

「そこに小夜さんを隠しておけるから、ですか?」

小檜山が自信ありげにうなずいた。

どこからが確かなデータで、どこからが小檜山の個人的見解なのか不明だが、圧倒的な説得力があるのはたしかだ。

気圧《けお》されそうになっている流太に、救いの手を差し伸べたのは辻だった。

「小檜山さんの言うことはわかります。けど、自分は青柳君の言うことにも一理ある気がするんです。ただ、警察に連絡したせいで、犯人を刺激して被害者が、その、大変なことになったって話も聞いたことがあるし、正直迷います」

「しかしこの迷ってる間にも、小夜の身に危険が迫ってるかもしれない」

峠が無駄に煽《あお》るようなことを言う。

「いや、僕は少々時間がかかっても、ここで徹底的に議論しておくべきと思いますね。このあとどうなるにせよ、各人が納得した結論のもとで行動すべきです」

辻が眉をハの字にして困った顔で言った。

「いまさらの疑問ですけど、自分は相手がいったいどの段階で気づいたのかわからなくて」

「そりゃ尾行に気づいたんだろうよ。ガタイのでかい辻と、ど素人がやったんだから仕方ねえけど」

尾行していたとき、自分の背後から歩いてきた若い男のことを思い出した。それを告白すると小檜山が言った。

「こちらも二人だったが、向こうも複数だったのは間違いない。受け子が別にいて、その若い男は万一に備えての監視役だった可能性はありますね」

「小夜をあちこち電話で引っぱり回したのも、はなから疑ってかかってたからかもしれない」

「俺が辻さんを見失わなければ……」

しょげていると、小檜山が肩をぽんぽんと叩いた。

「こういう推理も成り立つよ。小夜さんの後をいかにも素人の二人が尾行してきた、しかもバッグに入っていたのは上下だけ一万円札の見せ金じゃなく、本物の二百万円だった。これを犯罪者の立場で考えると……」

「そうか！」

流太はテーブルを叩いて言った。

「おばあさんを心配して警察には通報してないらしい、これならもっと毟《むし》り取れそうだ……向こうはそう踏んだのかもしれない、そういうことですか」

小檜山がうれしそうに笑ってうなずく。辻が真面目に挙手して発言する。

「ということはもしかして、尾行が付いていてた場合はあの公衆便所を利用しようと、あらかじめ計画していたってことっすか？」

「その可能性は高いと思います。腐っても犯罪集団だから、犯罪に関してのノウハウはあるだろうし」

窮地に陥っているというのに、小檜山は推理し合うのが楽しくて仕方ないらしい。実際流太も、相手の犯罪グループのイメージがぼんやりと摑めてきた。この人たち、案外凄腕《すごうで》なのかもしれない。

「それだったら多数決を採ってください。ここでは多数決による結果は絶対でしたよね」

「新入りにそこまで言われたら受けて立つしかねえな。採決だ」

黒板の前に峠が立つ。

「意見のある者は？」

はい、と流太は手を挙げて言った。

「警察に通報すべきです」

ふん、と鼻で笑って峠が黒板に書き込む。

「敵地に乗り込んで奪還」

挙手すると同時に小檜山が言ったので、思わず流太は横顔を凝視した。この人、頭は大丈夫か？

「他には」

辻は無言のまま太い腕を組んでいる。

「ないようだから決を採る。警察に通報すべきと思う者」

流太がさっと手を挙げると、少し迷った末に辻も手を挙げた。意見の下に二票が書き込まれる。

待てよ、とここで不安が頭をもたげた。流太が初めてここへきた夜、これで偶数から奇数になったと住人たちは喜んでいたはずだ。

けれど今日この場に小夜はいない。また偶数に逆戻りではないか。二対二になったらいったいどうするつもりなのか。

「次、敵地に乗り込んで奪還すべきと思う者」

小檜山が手を挙げ、ゆっくりと峠も手を挙げる。同じように二票が書き込まれ……驚いたことにもう一本、横線が書き足される。目を疑った。

三票ってどういうことだ？　何か自分の知らない特別なルールでもあるのか。

「これで決まりだな」

「ちょ、ちょっと待ってください。二対二のはずなのに、どうしてそっちだけ三票ってことになるんですか」

「バカ言え、俺はずるなどしないぞ」

勝ち誇った笑いを浮かべながら、峠はゆっくりした動作で流太の背後をチョークで指し示す。瞬間、衝撃に息が止まる。

猫が片手を挙げていた……招き猫？

えーーっ！

「猫も多数決に、入るんですか」

「あたり前だ。ヌシの挙手だって立派な一票だ」

目をこすってもう一度猫を見た。挙手を、というより挙足だが、ゆっくりおろすと前足を舐《な》めて顔を洗いはじめる。

そんなのありか？　ずるい、ずるすぎる。が、多数決は絶対というルールはルールだ。呆然とする流太を尻目に峠が叫ぶ。

「小夜を奪還するぞ！」

長い夜の帳《とばり》が下りつつあった。

†

一時間後の夕方六時。昼は気温が二十度近くにまで上がったが、陽が落ちた途端にぐっと冷え込んできた。

いったん解散していたメンバーが土蔵に集まった。目出し帽やマスクなど、逆にこちらが犯罪集団ではと勘違いしそうな道具の他、特殊警棒、スタンガン、クマ撃退スプレーまで用意してある。この間のクマ出没事件の際、万一に備えて峠がネット通販で購入したらしかった。

「探偵活動七つ道具だ」

峠は誇らしげに流太に向かって説明してみせる。

「そしてこれだ」

峠が指さすと、小檜山は持っていた紙を食堂テーブルの上に広げた。プリントアウトした地図だった。

「スマホの位置情報を探知できるアプリで、小夜さんの居場所はここまで絞り込めた」

小檜山がとんとんと指で叩いた。地図の中には小さな赤丸で囲んである一画があった。

「やっぱり同じ市内か。駅周辺をあちこち引っぱり回しやがったから、土地鑑があるやつらじゃねえかと思ってたんだが」

「かなり狭いエリアまで絞り込むことができましたよ」

市街地の北端は川に突き出すような三角形になっていて、その先に建物はない。捜索の対象となるのは三、四軒まで絞り込めた。峠が大きくうなずく。

「よし、現場近くまで行ってみよう。あとは出たとこ勝負だ」

現場まではハウス唯一の車である峠の愛車、軽ワゴンで行くことになった。敷地の端に枯れ葉や枝が積もった車があるのは知っていたが、まさか動くとは思わなかった。

車内では峠が、小夜を見失った直後から懸命に調べたという内容を話した。警察が摘発した詐欺グループのアジトの特徴だという。

まず、管理人のいない建物を選ぶケースが多いこと。複数の人間が朝に入ったきり夜までほとんど出入りするようすがないこと。たくさんの食料が入った大きな買い物袋を持った人物が出入りすること。室内で複数の人物が話している声がするが、呼び鈴を押しても反応がないこと、などだという。

小夜が監禁されている可能性が高いエリアに着くと、該当する場所には建物が三つあった。一つは新しいファミリー向けマンションらしく、もう一つは二階建ての一軒家だった。

マンションのほうはエントランス内に堅牢《けんろう》な管理人室が見えていて、セキュリティもしっかりして犯人の立場で考えると使いにくそうだった。一軒家のほうも植え込みからリビングを覗《のぞ》いてみたが、おいしそうな料理の匂いとともに夕食を囲む子どもたちの楽しげな笑い声が外まで響いていた。

「残るはこれか」

小檜山がソフト帽のひさしに指をあてて、残りの一つを見上げた。築三十年はゆうに経っていそうな古いマンションだった。四階建てでひょろりと縦に細長い。通りから奥まった場所に建っていて人目につきにくい印象がある。胡散臭《うさんくさ》い輩が巣食う建物にふさわしいにおいがぷんぷん漂っていた。

「いかにも怪しいな」

峠が勝手に決めつけた。根拠はなさそうだったが、全員異存はなかった。

一階の入口から入ったところに郵便受けがあり、受け口は全部で十二個あった。各階三室の計算だ。ポスティング会社や司法書士事務所、整体院などが入る中、業務内容が想像しにくい名称の会社が二つ、そして名札も何もないものが一つある。

峠が指示し、残りの三人がその三つを確認するために散開した。

一階を見てきた流太は報告した。

「確かに怪しげな会社はありますが、明かりが消えて誰もいないようです」

「小檜山、二階は？」

顎を引いてひとつうなずくと、小檜山は二階を見上げて報告する。

「中から明かりが洩《も》れてたので、玄関ドア横の小窓から部屋を盗み見してみたら、何人かの女性が段ボール箱に物を詰めてました。あれは発送業務か何かでしょう」

残る一つは辻だった。

「四階の端の部屋で中は見えませんでした。明かりがついてましたけど、部屋の中で人が動いてるようすはなかったっす。でもやっぱり郵便受けに名前が入ってないのが気になりますね」

思案する辻の眉間に深くしわが刻まれている。峠は両手をポケットに突っ込んだまま、小檜山に顔を向けた。

「臭いな。どうする？　小檜山」

「明かりがついてるということは中に人はいる。常識的にはインターフォンで中のようすを窺《うかが》うのが筋でしょうけど、そこがアジトだった場合さっきの鉄之介さんの話なら応答しない可能性は高いでしょう」

うーんと峠がうなった。四人が頭を突き合わせる恰好だが、なかなかこれだという策は浮かんでこない。時間をかけすぎて手遅れになってしまったら元も子もなくなってしまう。焦ったようすで峠が言った。

「そこに小夜がいるかどうか、外から確認のしようはあるか」

「これ以上は難しいんじゃないですか」

頭をがりがりと掻きむしると、峠はなかば投げやりにこう言った。

「何だか考えるのが面倒くさくなってきた」

「強行突入しましょう。そのほうが話が早い」

万一間違っていた場合のことを、この人たちは考えていないのだろうかと不安になった。しかし誰もその点には触れず、話はぐんぐん先へと進んでいく。

「多分ドアはロックされてるだろうな」

「僕がいるでしょう」

小檜山が言うと、峠が苦笑した。

「そうか、解錠は朝飯前だったな。時間はどれぐらいかかる」

「ドアの鍵が全室同じだとして、さっき一階の鍵の構造を外から見たところだと一、二分もあれば。万一その間に相手が出てきた場合は、武闘派の辻さんに任せますよ」

辻が無言で頷き、指の関節をぽきぽき鳴らした。エレベーターがないので階段を四階まで上がり、音を立てないように廊下の端まで進んだ。

ドアの手前でひざまずいた小檜山は工具袋を開いて解錠の準備に入り、辻と流太が両脇、峠はその後ろで待機する。辻はスタンガンを持ち、流太は特殊警棒を握りしめ、峠はクマ撃退スプレーのトリガーに指を掛けた。

全員が目で合図し、小檜山がそっとドアノブに手をあてる。「ん？」と小さな声を出す。そのまま静かにノブを最後まで回した。

ドアは開いていた。

細く開いたドアのすき間から光が洩れ、そこから小檜山が、辻が、流太が中を覗いた。が、誰もいない。

いや、いた。玄関から奥に延びる狭い廊下に、誰かが倒れている。

辻がドアから中へ身体《からだ》を滑り込ませる。流太と小檜山がそれにつづく。室内には煌々《こうこう》と明かりがともっていた。うつぶせに倒れていたのは、身なりも髪の色もごく普通の若い男だった。

事態が把握できないまま、注意深く廊下を進んでゆく。

奥の突き当たり、リビングらしきソファにもだらしなく崩れた姿勢で、やはり若い男が倒れていた。眠っているのだろうか。それにしてはこれだけの数の侵入者がいるのに、誰も目を覚ます気配がなさそうだった。

まさか、死んでいるとか。金を巡っての仲間割れなんていうのは、いかにもありそうな話ではあるが――。

「死んでない。腹が上下に動いてる」

小檜山が冷静に言った。

「こっち！　来てください」

いつの間にか右奥の部屋まで進んでいた辻が、低く叫んだ。

急いで行ってみると、そこだけ薄暗く狭い納戸のような空間に小夜婆がいた。その足元にも一人、男が倒れている。

「大丈夫ですか」

小声で訊く辻に、小夜は例の嗄れ声で答えた。

「うん、平気。それと普通に話しても大丈夫だよ。この人たち全員、深い眠りに落ちてるから」

壁に背中をもたせかけ、口に掛けられていたのか猿ぐつわを首から垂らして、小夜はぜえぜえと息を切らしていた。状況がまるで摑めない。

「きっとみんなが助けにくると思ってた」

息が落ち着いたところで小夜が言った。思わずじんときて流太は目頭が熱くなった。辻が洟《はな》をすするような音を立て、峠と小檜山は互いに頷き合っている。

良い場面だとみんなで感動しそうになったとき、小夜がつづけた。

「だって、どうせまた多数決を採ったんでしょ？　それでもって警察へ届けようとかの常識的な意見は負けて、何が何でも自分たちで助けに行くっていう無鉄砲でおバカな意見が勝って、雁首《がんくび》並べて敵のこのアジトまでのこのこやってきたわけでしょ、きっと。まったくバカを待つ身にもなってほしいよ」

目尻に溜《た》まりつつあった涙が猛スピードで乾いていくのを感じた。皆同じ気持ちだったと思う。しかし、勝敗を分けたのが猫とはさすがに小夜もわかるまい。

こほん、と場を取り繕うような咳払《せきばら》いをしてから峠が言った。

「ひどい目に遭わされたのか」

「拷問されたとか、そういう意味なら全然何もされてない」

「それじゃ、ここに倒れてるやつらはいったい……」

「実はわたし、いつも護身用に麻酔薬と注射器を持ち歩いてるのね」

持ち歩いてるのねと言われても困る。流太は質問してみた。

「えーと、麻酔と注射を……護身用に？」

「そう。糖尿病患者なんかがいつでも自分でインスリンを打てるように持ち歩ける容《い》れ物《もの》があって、わたしの場合それが薬だけ別物って感じ？」

ハウスのみんなは自分が拉致されたと知って混乱するだろう。そしてこれからどうすべきか話し合って、当然意見は一つにまとまらず、多数決を採ることになるだろう。そうなれば過去の例からして、もっともバカバカしい案に決まるだろう。

「拉致される前からそれを見越してたってことですか」

「まさか、予言者じゃあるまいし。でも今回おばあさん役をやるって決めたとき、漠然と不安はあった。当然だけど。だから、いつも持ち歩いているのと違う薬を持っていこうと思ったの」

小夜は大学院にいる薬学系の友人から〈かなり強め〉で〈象でも眠らせられる〉分量の〈けっこうヤバい〉睡眠剤を、内緒で処方してもらったという。

やれやれというように首を振って峠が言った。

「象でも眠るって、こいつら本当に死んだりしねえだろうな」

「大丈夫。だと思う。たぶん」

あまりにも自信なさげに答えるので、ますます不安が募ってくる。

「この人たち、わたしのことはすっかりおばあさんだって信じきってたから、隙を見て一人ずつ注射するのは難しくなかった。トイレとか水を飲むのもわりと自由に行かせてくれたから、その度に一人ずつ、ちゅっ、ちゅって注射してあげたの。こうしておけば、助けにきてくれたとき面倒じゃないし楽じゃない？」

うん、確かに楽だ。最悪の場合は大立ち回りになるのを皆が覚悟していたのに、すごく楽ちんだ。犯人たちは慢性的に寝不足の状態だったらしく、一人ずつ眠っていっても特に不審を抱いたようすもなかったそうだ。

流太の頭にまた疑問が浮かんだ。

「だったら、どうして自力で逃げなかったんですか」

「無理無理、もうほんっとにそれは無理。体温計は持ってきてないから測ってないけど、四十度ぐらい熱があると思う」

「風邪で？」

「ほら、この声を作るために裸で寝ちゃったから」

そうだった。今日という一日があまりに長過ぎて、今朝のことはすっかり忘れていた。

「そのおかげで相手は騙せたからよかったけど、副産物として高熱までついてきちゃったよ」

途中から目隠しをされて、しかもエレベーターのない階段を四階分歩かされたとわかっていたから、四人を眠らせてからも自力でここを出て一階まで降りるのは到底不可能だと思ったという。

小夜婆メイクでもともと顔色は悪かったのだけど、改めてよく見ると耳たぶがまっ赤《か》だった。思わず流太が手を伸ばして額に触れると、火傷《やけど》しそうなほどの熱さだ。

「ひどい熱です。自分で立てますか」

「ちょっと厳しいかなあ」

両脇を辻と小檜山に抱えられて立ち上がりかけたとき、小夜の足が倒れていた男の肩に当たった。

「うっ、うーん……」

男がうめき声を上げ、ぴくりと手が動いた。

まずいと皆が思ったその瞬間、小夜は床にしゃがみ込むと、意外なほどの素早さで巾着袋から注射器を取り出し、男の腕にさくっと注射した。

全員が固唾を呑んで見守る。上がりかけた男の手はぱたりと落ちて、ふたたび気持ちよさげな軽い寝息を立てはじめた。

「これであと十時間は熟睡かな。かわいそうにね、また悪い虫に刺されちゃって」

くつくつと心底楽しそうに笑う小夜を見てぞくりとした。やっぱりこの人、思考回路と行動が常人とは違う。今後この人のご機嫌は絶対に損ねないようにしようと心に誓う。

この人たちの間にはたしかに絆《きずな》らしきものはある。けれどそれは信頼の絆というより、バカの絆ではないか。口に出せないそんな思いを流太は胸にそっと納めた。

奪われた二百万円の札束が無造作にテーブルの上に置かれていたのを見て、峠が憤慨した。

「こいつら、人様の金をいったい何だと思ってやがるんだ。水揚げ直後のマグロみたいに転がってるこの犯人どもをどうすべきか、ここで多数決だ！」

驚いたメンバーの気持ちを辻が代弁する。

「いますぐ撤収すべきじゃないすか。寝てると言っても敵のアジトですし、多数決なら家に帰ってからのほうが……」

「犯人をとっちめて解決するのはここでやるべきだ。誰か意見は」

話を早く終わらせて一刻も早くここから出るべきだと思い、流太は言った。

「外に出たらすぐ通報して、あとは警察に任せて……」

「二言目にゃケーサツケーサツってうるせえんだよ、この新入りが。探偵で済んだら警察はいらないって言葉知らねえのか！」

「すみません」

なぜ謝っているのか自分でもよくわからない。

「他に意見は」

小夜はぐったりしたままだし、小檜山はすでに関心がなさそうだった。

「それなら俺の意見を言う。こいつら全員の顔を写真に撮る」

峠が犯人たちを見回した。

「そして、お前らの写真を〈詐欺犯の指名手配写真！〉と題してネット上にばらまくからなと書き置きしておく。スマホは取り替えられても顔の替えはきかないからな、街を歩くのもびくびく怯《おび》えなくちゃならなくなる。いい気味だ」

「でも、目を覚ました後のことが怖いな」

辻に抱きかかえられたまま小夜が言う。

「拉致してたはずのわたしの姿が消えて、しかも脅迫するような書き置きが残ったりしてたら復讐を考えないかな」

「そう、それはあり得ます。こうして眠ってるところを見ればただの若者に見えるけど、所詮は犯罪集団ですからね。復讐しようという気を起こさせない方法があるといいんですが」

みんなが立ったまま考え込んでしまっている。ますます焦ってくる。流太の手のひらは冷や汗でべとべとだ。多数決だの議論だのをしてる場合か？　ここは犯人たちのアジトなのだ。

ソファで寝ていた男が寝返りを打った。全員がびくりと固まる。

「早く逃げましょう」

流太の言葉に、峠はひそひそ声で怒鳴る。

「やかましい！　いま考えてるんだ、余計なこと言うな」

そう言いながらも峠はスマホをとり出して一人一人の寝顔を撮っている。まったく他人の話を聞かない人だ。

と、今度は廊下で倒れている男から音がした。ブブーッ、ブブーッと振動音が響く。携帯のバイブレーターだ。まずい、起きるかもしれない。もう限界だ。

「仕方ない、はったりをかましましょう」

小檜山が低く抑えた声で言った。

「全員の顔写真を撮って、この場所は警察に知らせた。そう書き残していくんです」

「小檜山まで警察か」

「だから、はったりですよ。実際には警察に通報しませんが、今回の相手はやばいと思わせておくんです。それだけでも相当な抑止力にはなるでしょう」

速攻で多数決を採った結果、小檜山の意見が採択された。ちっ、と舌打ちして峠が言った。

「しょうがねえ、今回はこれで妥協しておくか」

小檜山が言った文言を大きな紙に書いて壁に貼り、テーブルの上にあった分厚い紙の束をバッグに入れる。振り込め詐欺に使われた名簿だろう。

小夜婆奪還計画は、こうして無事完了した。


ハウスに戻り、小夜の労をねぎらうとともに救出成功を祝うことになった。緊張がほどけた解放感から全員で大いに飲んで食べた。古ぼけた食堂がいつになく華やいでいた。

飲み物にも個性が出るものだ。峠が飲んでいる日本酒は、流太の仙台の実家にあった勝山《かつやま》という銘柄だ。良い酒だから良いことがあった日に飲め、そう言われたものを流太が提供した。

小夜はさすがに缶ジュースだが、辻はギムレットというカクテルをわざわざ作って飲んでいる。小檜山のお気に入りはシングルモルトのラガヴーリンという銘柄らしく、そのウイスキーをちびちびやっていた。

時間が遅かったからつまみはコンビニで仕入れたが、思い思いに満足そうな笑顔だ。そう、今日は良いことがあった日だ。

「ところでアジトから持ち帰った名簿はどうするつもりなんです」

流太が訊くと、ぐい飲みを干して峠が答える。

「明日にでも庭で焼くさ。どうせコピーが他の詐欺グループに渡ってるだろうし、アジトを替えてこれからも振り込め詐欺をつづけるだろうが、少なくとも銀杏坂町内の老人はこれでしばらく守れるからな……それにしてもこれ、旨《うま》い酒だな」

名簿を見たところ、銀杏坂と周辺エリアの電話番号がずらりと記されていた。

「自分たちの顔写真が撮られてると知れば、しばらくの間はびくびくして過ごさなくちゃいけなくなるだろう。それだけでも爽快な気分だ」

ひっひっひっと底意地が悪そうに笑う。

「わたし考えたんだけど、やっぱり警察に届けたほうがいい」

疲れきったようすで小夜が言った。全員の視線が集まる。

「この名簿と犯人たちの顔写真をセットで。うちのおばあちゃんみたいな人を少しでも減らすためにも、そうすべきだよ」

辻と小檜山と流太も賛同し、最終的に峠もしぶしぶ従うことになった。今回は自分の発案でやったことだからと、小夜が明日警察署へ証拠を持っていくことになった。流太はようやく溜飲《りゅういん》を下げた。

気になっていたことを尋ねてみた。

「この探偵活動を行うことで、何か見返りみたいなものはあるんですか」

場がしんと静まり返った。ごく常識的な質問のはずなのに全員が黙ってしまった。けれどそれぞれの顔に微《かす》かな笑みが浮かんでいる。

「僕たちの探偵活動はつねに危険と隣り合わせの仕事です。だが見事解決した暁には報酬が得られる。それは金なんかより遥《はる》かに上等なものだ」

小檜山はそこでぽんぽんと自分の胸を叩く。

「そう、報酬はここに支払われるのです」

探偵活動は仕事ではなくただの趣味なのでは？　という小さくはない流太の疑問をよそに、小檜山の独演はつづく。

「支払われたその報酬には利息が付く。そして僕がいよいよ死ぬとなったそのとき、初めて払い戻されることになるんですよ。ああ愉《たの》しい人生だったな、とね」

感心すべき場面か笑うべき場面か、判断が難しかった。しかし誰も噴き出さないところを見るとうけ狙いではないらしいので、流太は無理やりつくった真顔で話を聞いた。この人もしかして浪漫派？

「俺はどうせ利息が付くなら現金がいいけどな。小檜山だってそうだろ。明日の満足より今日のキャバクラじゃねえのか」

「ほう、よくご存じで」

さざ波のような笑いが拡《ひろ》がった。この人たちはどこまでが本気でどこからが冗談なのかさっぱりわからないが、とりあえず今日は善き事をしたという小さな充実感があった。

探偵活動、案外面白いかもな。ほわんと酔いが回った頭で流太はそんなことを思った。

第三話
神との会話事件

流太が仕事から帰ると、食堂に小夜と辻の姿が見えた。とても暑い日だったからいったん部屋に戻って着替え、ビールを飲もうかと食堂に入りかけたとき辻の声が聞こえてきた。

「……って信じるか？」

入口のところで足が止まる。息をひそめてどうしようか考えたが、いまこのタイミングで入るのは気がひけた。つい盗み聞きしてしまう。

しばしの間の後、小夜が盛大に噴き出した。

「何だよ、そんなに笑うことないだろ」

「だって、何を言いだすかと思えば。辻さんがそんなタイプだなんて知らなかった」

「そんなタイプって何だよ。じゃあどんなタイプだと思ってたんだ」

「急に訊かれても困るけど」

おっ、と思った。もしやこれは定番の恋愛シーンだろうかと、浮き浮きしてきた。そうは見えないが実は美形の小夜と、肉体派だけど優しい辻は意外にお似合いだという気もする。けれど問題は、やはり小夜のあの性格か。うれしそうに麻酔剤を打ったときの場面がありありと甦《よみがえ》る。

俺もうかうかしちゃいられない、一刻も早く恋愛しないと乗り遅れるぞ。何に乗り遅れるのかも不明なまま、反射的に頭に浮かんだのはナヲだった。が、どうもあの娘は摑みどころがないし、いま告白などしようものなら大笑いされそうな気がする。もう少し二人の距離を詰めてからかな、などと流太の勝手な妄想は膨らんでいく。

「まさかと思うけど辻さん、怪しげな宗教に勧誘しようとしてるとか？」

「もういい、いまの話は忘れてくれ」

がたんと椅子を引く音がした。辻が立ち上がったのだろう。鉢合わせしたら立ち聞きしていたのがばれてしまうと思い、流太はわざと足音を立ててから食堂の引き戸を開けた。

二人が同時にこちらを見て、それから辻は片手で軽く挨拶をすると出ていった。どことなくばつの悪そうな表情だ。

「お疲れさま、遅かったね」

小夜が湯呑《ゆの》み茶碗《ちゃわん》からひと口飲んだ。お気に入りの梅昆布茶《うめこぶちゃ》だろう。

「今日は残業で」

冷蔵庫を開けて〈青柳〉と書いたトレーから缶ビールを取り、隣のテーブルに腰かける。

「何かのタイプがどうとか聞こえましたけど、何の話してたんですか」

「あれれ？　盗み聞きとはあまり褒められた趣味じゃないよ」

「盗み聞きなんてしてません。立ち聞きです」

小夜が冷静に返してくる。

「盗み聞きも立ち聞きも、言葉の印象が違うだけで同じ意味。ここの人たちって、どうしてこうも素直じゃないいんだろう」

あなたもね、という言葉をビールと一緒に飲み込んで話題を戻した。

「宗教の勧誘がどうとか」

「完璧に盗み聞いてたね、きみ」

非難の眼差しだったので、思わず目を逸《そ》らす。

「辻さんが昨日の夜、神さまを見たんだって」

これは困ったなと思った。このハウスの中で唯一普通っぽい人だと考えていた辻までもが、そんな怪しい人物なのだとしたら、まともなのは自分一人ということになってしまうぞ。

「青柳君って考えてることが無意識に口から出るタイプなの？」

「どういう意味ですか」

「いまぶつぶつ呟いてたから。まともなのは自分一人とか」

まずい。ひとり言が多いと指摘されたことはあったが、まさかそこまではっきり言葉になっていたとは気づかなかった。

もうひと口ビールを飲む。天井の蛍光灯が古いのか、時折チチッと暗くなる。

「神さまを見たっていうのは、夢をみたってことですかね」

「わたしもそう言ったんだけど、夢じゃなかったって。すごくくっきりしてて、手でさわれるほど鮮明だったらしいよ。それで真面目な顔で神を信じるかっていうから、思わず笑っちゃった。だってわたし理系だよ？　信奉しているとすれば科学だし、科学には証明が必要。辻さんが神さまを見た経験はこれまで一度もなくて、昨夜だけ。再現することもできないでしょ」

ふと、子どもの頃に見た幽霊のことを思い出した。

「実は俺も、子どもの頃ですけど幽霊を見たことがあります。いまもはっきり記憶に残ってるぐらいだから、当時は相当クリアな感じで見たんだと思うんですよね」

へえ、と気のないようすで相槌《あいづち》をうつと、小夜はカップの中身を飲み干した。

「神さまかと思えば今度は幽霊か。わたしは信じてないし縁のない世界だけど、青柳君ってもしかして霊感体質なの」

「違うと思います。その後、一度もそれっぽい経験はないし」

「そう。それじゃわたしもう寝るから」

小夜は唐突に話をぶった切った。興味のないのがありありだ。

「ここのところ論文を仕上げるデータ取りで、連日半徹つづきで疲れちゃって」

おやすみと言い残して出ていった。もっと誰かと話がしたいという欲求がぶすぶすと燻《くすぶ》っている。

入れ替わりのように玄関が開く音がして、森田が帰ってきた。飲食店のバイトらしく毎晩これぐらいの時刻になってしまうそうだ。ビニール袋を持ってガラス越しに流太の姿を見つけると食堂へ入ってくる。

「お疲れさまっす。ひとりですか」

「いままで小夜さんがいたけど」

極端に持ち服が少ない森田は、バイトの行き帰りはいつも店のユニフォームである黒いTシャツを着ている。この間は胸に筆文字で〈根性上等！〉とプリントされていたが、今日は〈愛想無料！〉とある。最初に会ったときはガリガリだった体型も中肉ぐらいになり、ぼさぼさだった髪も短く切り揃《そろ》えられて清潔感がある。

「ところであれ、いつになりますかね」

「あれって何だっけ」

「約束してたじゃないですか、投網ですよ投網。魚が捕れたらまずは塩焼きにして、余ったのは煮付けにして、それでも余ったら冷凍してもいいかなってずっと楽しみにしてたんですよ」

すっかり忘れていた。どれだけ大漁の妄想をしていたのか。

「ごめんごめん、けど俺のほうも最近仕事に慣れてきたら急にあれこれ頼まれるようになってきてさ、休みの日はもう一日ぐったり寝てるような状態で」

そうすか、と本当にがっかりした声だった。申し訳ないと思い言い足した。

「秋の禁漁前には、どうにか都合をつけて行けるようにするから」

「お願いします。僕はなるべく早く独立できるように頑張ってお金を貯《た》めてます。夕食は賄いを食べさせてもらって助かってるんですけど、できればそれ以外の食費も可能な限り抑えたいと思ってて、この間も公園で見つけた野草を炒《いた》めて食べたりして」

「野草って……そんなの食べて大丈夫なの？」

「全然平気っすよ、山菜だって野草ですし。ふきのとう、ノビル、タンポポやつくしだって食べられますからね。ていうか、秋の七草とか結構いけるものも多いんです」

本当かよ。田舎のじいちゃんが山菜やキノコ採りの自称名人だったから、流太も多少は知っているが命に関わるものも多いと聞いたことがある。近いうちにぜひ、と言い置いて森田も部屋へ戻っていった。

ビールをひとりで飲んでいるうちに、無性に話したい欲求に駆られてくる。東京へくるまでずっと実家暮らしだったせいで、孤独な時間のやり過ごし方にまだ慣れていない。神さまと幽霊の話をしてみようと思い立ち、辻の部屋へ向かった。

ドアをノックすると、中から「どなた」と薄暗い声が返ってきた。

「青柳です、ちょっとすみません」

がちゃりとドアが開き、辻が怪訝《けげん》そうな顔を覗かせる。缶ビールを二つ持ち上げて見せてから告げた。

「ちょっと話したいんですけど、だめですか」

「別にいいけど」

招き入れられた部屋はきれいに整頓されていた。間取りは流太と同じだが、こちらは畳敷きの和室仕様だった。八畳ほどの広さに出窓がついているのは同じだが、衣類も本もていねいに整理されていてさっぱりとした居心地のいい部屋である。

畳の中央にある座卓の上に、大判の写真集がページを開いたまま置いてあった。

「あ、本を見てたんですか?」

「気にしなくていいよ。毎晩寝る前に同じことをやってるだけで、いってみればこれは儀式みたいなもんだから」

辻が座布団を出してくれたので、座卓の上でビールを開けて軽く乾杯した。

「さっそく本題に入りますけど」

流太は身を乗り出して言った。

「実は俺も見たことがあるんです。その話をしたいなって思って」

「見た。何を」

「あれは確か小学校六年のときだったと思いますけど、夏休みに町内の子ども会で肝試し大会っていうのをやったんです」

辻は小さく頷くとビールを飲んだ。

「場所は地元のお寺の墓地でした。墓地のどん詰まりに火葬場があって、その先を川が流れていたんです。で、はじまる前に近くに住んでる大人が、今日はここで火葬があったんだぞってわざわざ子どもたちに教えて、お化け大会じゃなくて肝試しなんだから、誰かが幽霊の恰好をして隠れてるということはない、本当の度胸試しだって脅すんです。

お墓の間を通り抜けて火葬場の前の机まで行って、その上に載ったお菓子を取ってから火葬場のまわりを一周して戻ってくるっていう、小学生にとってはなかなか過酷な内容でした。小学校四年生までは二人一組、五年生以上は一人で行かなきゃいけないっていうルールで、俺は六年生だったから最後だったわけです。

肝試しがはじまって子どもたちが墓石の向こうに消えると、わーわーぎゃーぎゃーと賑《にぎ》やかでした。小さな子どもたちが騒いでるのを、高学年の者たちは笑いながら余裕をかまして楽しんでました。戻ってきて泣き出す子とか、恐怖で顔を引きつらせた子ばっかりで。途中で中学生たちが何人か墓の陰とか木の上とかに隠れてたことがわかって、いわゆるお化け大会だったたってばれたわけです。

そしていよいよ最後の俺の番がきて、お化けに脅かされるのは怖いけど、でも誰かがいると思うとちょっと安心するじゃないですか。ところが俺が行く直前に、墓地の奥から何人かが駆けてきて、もうあそこにいるのは嫌だ、怖いって言うんです、中学生たちが。その中の一人がこう言いました。今夜は空が真っ赤で気持ち悪い、きっと人を焼いたせいだ、人魂《ひとだま》が飛ぶのも見たって。

辻さんだったらどうします？　隠れてたはずの中学生たちも全員戻ってきて、誰かが人魂を目撃して、この先には本当にもう誰もいないって状況……あのとき大人たちがへらへら笑って、流太はどうする？　行くかやめるか、って言うのを聞いて、俺、何だかむきになって行くに決まってるって宣言したんです。

そして出たんです、本当に。幽霊が。

あ、言い忘れましたけど俺の後ろにも女の子が二人いました。女だから一緒でいいってことになってたんですけど、中学生の話を聞いた途端に大声で泣き出してとても肝試しどころじゃなくなったんです。依怙地《いこじ》になってた俺はそのまま進んで、お菓子を一つだけ取って、それから火葬場の裏手に回り込みました。まだ誰か隠れてたら、目前にして引き返した情けないやつと思われるんじゃないかとか考えて。

真っ暗な杉林の中を歩いていくと、すぐそばを川が流れてました。結構危険な場所で、慎重に回って火葬場の前まで戻ったときです、人が立っていたのは。どきっとはしましたが、お化け役が逃げ出すところを何度か見てますから、そのときはさほど驚きませんでした。

ただ、女の人だったのが意外でした。俺はゆっくり近づいたんですけど、向こうは動こうとしないでじっと何かを見てました。火葬場の前の机には、怖くてここまで来られなかった子どもの分のお菓子が残ってたんです。

その人は俺にこう訊きました。『このお菓子貰ってもいい？』って。戸惑いますよね、こっちは子どもだし。どう答えればいいのかわからなくて黙ってると、今度は『赤ちゃんに食べさせたいの』と言いました。

正直このときは、すでに恐怖心のようなものは消えてました。本当です。この人は何でこんなことを俺に訊いてくるんだろうって、頭にはてなマークが浮かぶばかりで。それで最後に『おばあさんには黙っていて』と言うと、お菓子を持って杉林のほうへ歩いていきました。女の人が言ったのはこの三つの言葉だけでしたけど、全部はっきり聞き取れました。

あとは何事もなくみんながいる場所まで戻って、心底ほっとしたのを憶えてます。大人たちも、ほんとに薄気味の悪い夜だったなんていいながら片付けはじめて、火葬場まで行って戻ってきた男の人がお菓子は一つも残ってなかったと言い出したんです。疑惑が俺に向けられそうになりましたけど、戻ってからすぐ友だちにお菓子を見せてたから、そいつが流太は一個しか持ってなかったと証言してくれました。それでも大人たちが首をひねってるから、さっき女の人に会った話をした途端、今度は大人たちがざわざわしはじめたから詳しく教えたんです。

もうわかったとは思いますけど、その日の昼間火葬されたのは若い母親と赤ん坊でした。都会のほうから嫁にきた人で、習慣とか文化の違いに悩んで姑《しゅうとめ》とも折り合いが悪くて、一種のノイローゼだったらしくて……入水《じゅすい》自殺っていうんですか？　俺たちが肝試しをやったあの川の少し上流で、赤ちゃんを抱いたまま川に身を投げたそうです。遺体が見つかったのはかなり川下のほうだったとか。

まあこれは全部あとになって教えてもらった話ですけどね。この話、どう思います？」

辻は缶が空になっているのを確認してから、ぼそりと言った。

「長い。話が」

「すみません、だらだら喋っちゃって」

流太が謝ると、辻はいいよと笑った。だがその笑みには影のようなものが差していて、いつもとは少し違った。

「それで青柳君は、なぜこの幽霊話を自分に？」

「さっき小夜さんから、辻さんが神さまを見たって聞いて、そんなにおかしい話じゃないと伝えたかったんです。幽霊を本当に見た人間がいるんですから、神さまに会った人がいたって不思議じゃないです」

「神と幽霊を一緒にしないでくれ！」

辻が突然強い調子で抗議したので、驚いた流太は立ち上がりそうになった。

「そこら辺によくある幽霊話や都市伝説の類いと同じにしてほしくない。だからさっきも小夜さんに、変なやつと思われないように気をつけて話したつもりだったのに、やっぱり相手にされなかった」

「俺は信じます。鼻で笑ったりしませんから、その神さまの話もう少し詳しく教えてくれませんか」

しばし間が空いて、きっと話すべきかどうか迷っていたのだろう、辻は写真集を顎でさして言った。

「写真集を眺めていたときなんだ、神が現われたのは」

ぱたりと閉じた表紙には『日本の名建築百選　神社仏閣編』と書かれていた。

「大体毎晩、こういうお寺や神社の写真集とか配置図みたいなものを見るのが習慣になってるんだ」

「見せてもらっていいですか」

押してよこしたのでぱらぱらとめくってみた。タイトル通り寺や神社の大判の写真集で、ところどころに解説文がはさまれている。

「仕事のための勉強ですか」

「勉強といえば勉強かもしれないけど、とにかく眺めているのが好きなんだ、単純に。大きな建築物が好きだから前から後ろからいろんな角度で眺めながら、ここが面白い、ここが恰好いいなんて勝手に評価したりして」

すごくうれしそうな顔で話す。

「もしかしてこの本のせいじゃないですか。神さまや仏さまが宿る建物をいっぱい見て、心の中に神的なものがたくさん入ってきたとか」

「寝てから夢に出てきたっていうなら考えられるけど、自分はちゃんと起きてた。うたた寝もしてなかったんだ」

「神さまを見たときどんな感じでしたか」

辻は閉められているカーテンに向かって両腕を伸ばし、直径一メートルほどの円を描いてみせた。

「カーテンのところにいた。カーテンのひだの手前のあたりに浮かんでいるというか、でも薄っぺらな感じじゃなくてどっしりと存在感があった。そして背中の向こうに後光というか、仏像でいう光背もくっきり見えた」

「でも仏さまじゃなくて神さまだった？」

「そう。それで自分も特に驚くこともなくて、至極あたり前のように神と向き合ってたんだよ。神はこっちを見て微笑《ほほえ》んでいた。そうしてるうちにこれまで感じたことがないほど幸せな気分になってきて、でもやっぱり夢じゃないんだ……やっぱり変だな」

辻が真顔で言うので、流太は困って質問を変えた。

「写真集を見る前は何をしてたんですか」

「別に。普通に夕食を作って食べただけで、もちろん酒も飲んでない。だから酔ってたわけでもない。な、自分でも訳がわからないんだ」

「……本当に神さまが出てきたとしかいえませんね、そうなると」

辻は写真集の表紙を手で撫《な》でるようにした。

「本音を言うと、自分は神仏の存在をあまり信じてない」

意表をつかれた。神仏を信じていない宮大工とは予想外過ぎる。

「驚くのはわかる。自分が宮大工になったのはもともと建築物としての寺社への興味からはじまってるんだ。もちろん宗教が人間に必要なことは理解してるつもりだし、科学的に証明できない出来事が起きたっておかしくはないだろうとも思う。けど、実際に手で触ったり直《じか》に話せる相手としての神、あるいは仏というのはいないだろうなとも思う。いや、思ってた。昨日までは」

いったん話を止めると彼は両手をさすった。指が太く傷だらけのごつい職人の手だった。

「昨日は違ったんだ。ほんとに、超絶にリアルだった。さすがに手を伸ばして触ったりはしなかったけど、もしそうしていたら絶対に触れたはずだよ。本当に神がいたんだ、目の前に」

幽霊なんかと一緒にするなと怒った気持ちが少しわかった。神仏の存在を信じていないのに信じるしかないような経験をしてしまって、自分でもどうしたらいいのかわからずにいるのだ。

「また幽霊の話で怒られるかもしれませんけど、俺もあのときの幽霊に会ったことはいまでも信じてます。一般的に幽霊という存在がいるかいないかというより、あのとき俺はたしかに幽霊に会ったと思ってます」

「知りたいんだ」

真剣な面持ちで辻が言う。

「なぜあれほどリアルな神に会ったのか。何か特別な意味があるのか。もし理由があるのならそれを知りたいと思う」

そう言われても流太ができることはなく、会話は尻切れとんぼのまま部屋へ戻った。

†

週末の土曜日、流太が布団でぐずぐずと惰眠を貪っていると、誰かがドアをノックした。ドア越しに小夜が、今夜会議があるから集合ね、と告げて立ち去っていった。また何か事件が起きたのかなとぼんやり考えていたが、疲れには勝てずそのまま二度寝の世界へ落ちた。

夜六時に土蔵へ行ってみるとフルメンバーが揃っていた。何げなくその感想を告げると、小夜が怒ったように言った。

「この人、メンバーじゃないけど」

部屋の隅っこに座っているナヲを指さす。

「ここの住人でもなんでもないんだから。本当はここにいちゃだめなのにみんな甘過ぎるよ」

まあまあとなだめる小檜山に、ナヲが手に持っていたポッキーを勧めている。

「今回は、辻が神さまを見た事件を解決する」

えっ、と流太が驚いていると峠がつづける。

「そこに謎があるから解決する。それが探偵活動だ」

「このところ事件らしい事件がないからって、何か無理やりでっち上げてる気がするんですけど」

乗り気じゃないオーラ全開の小夜に峠が言った。

「謎に貴賤《きせん》も大小もない。興味をそそられればそれはすなわち事件だ。とはいえ今回は何しろ取っかかりがなさ過ぎる。辻が神を見た、それだけじゃな」

「あらかじめ誤解のないように言っておきますけど」

辻が姿勢を正して言った。

「あの夜は酒も飲んでないし、寝てて夢を見たわけでもなかったです」

「ほんとかなあ」

疑《うたぐ》るように小檜山が言うと、辻は天を仰いで嘆いた。

「どうせみんな信じてくれっこないと思ったっす。やっぱり鉄之介さんに相談なんかするんじゃなかった」

峠は言い訳のように、辻から話を聞いてこれは面白そうだと直感して事件化することに決めたんだと言った。事件化ってなんだよ。

「みんなじゃありません、俺は信じると言ったはずです」

流太が断固として告げると、辻は少し困ったような顔をした。

「信じると言ってくれるのは有難《ありがた》いんだけど、この間も言ったように自分が知りたいのは理由なんだ。でもよくよく考えればあくまで一個人が体験したというだけの話であって、それを誰かに解決してもらおうと考えたのは間違いだったかもしれない」

何人かのメンバーは関心がなさそうで、あくびをかみ殺したり床板の継ぎ目に詰まったゴミを指でほじったりと、思い思いに退屈している風情である。

そんな中ナヲが尋ねた。

「その日はどんな精神状態でした？」

「うん、あの日はすごくいい気分だった」

その日の昼、辻は仕事の中でも難しい作業を任された。宮大工の腕の見せどころである丸鑿《まるのみ》という道具で細工を完璧にこなしたことで棟梁《とうりょう》から褒められ、そのことがあって帰ってきてからも興奮冷めやらぬ感じだったという。

かぶっていた帽子の位置を変えて小檜山が言った。

「最近ときどきニュースになってるけど、大麻を栽培してたなんてことは」

「バカ言わないでください。自分がそんなタイプに見えますか」

「見えるとか見えないとかじゃない。考えられる可能性を挙げていって、疑わしいものを一つずつ潰していくのは捜査の常道だから、念のため確認したまでで。酒でも夢でも薬物でもないとすると、可能性のあるものはあまり残っていないけど……辻さん、もしや霊感体質とか？」

「これまで一度もそんな経験はありません。今回が初めてです。というか、神を見た体験って霊感に入るんですか？」

反問に誰も答えられずにいると、小夜が眼鏡を指でくいっと上げながら言った。

「もし今回のこの件が」

あえて事件と言わずに件と言うところに、彼女の頑《かたく》なさがかいま見える。

「霊感なんていう曖昧なものが原因だったら、これ以上ここで議論する必要性はないよ。信じる信じないの話は論理とは無関係だし。第三者がなるほどと納得できて初めて解決したことになるわけだから」

小夜が語ることになかば納得しつつも、流太はまだ諦めるには早い気がしていた。謎という言葉にはいつもわくわくさせてくれる何かがあるし、辻と同じで〈なぜ？〉の答えを知りたい気持ちが強い。

それに近づくには一人の考えより二人、三人寄れば文殊の知恵という言葉もある。探偵活動だってみんなで意見を戦わせることに意味があるのだ。

「地縛霊っていうのも考えられるんじゃないか」

腕組みしたまま峠が言った。

「この敷地には昔寺が建ってたと聞いたことがあるんだ。もしかするとそれが呪われた寺かなんかで、その何かが辻の前に現われたとも考えられないか」

「だ、か、ら」

小夜が怒りを押し殺して言う。

「それだと霊感と同じことになっちゃうでしょ。第三者には確かめようがない」

「そういう話があっても面白いと思うけどなあ、あたしは」

「あなたはまた、そういうことを……」

言いかけて小夜はやめた。ばつが悪そうに下を向くと、なぜかナヲはうれしそうに質問する。

「ねえ辻さん、神さまってどんな恰好だった？　神道にはたくさんの神さまがいるし、八百万《やおよろず》の神って言葉もあるし、キリスト教にもいるみたいだし、ひと口に神さまって言ってもいろいろな外見があると思うんだけど」

「服っていうより、全身がまっ白な布みたいなので覆われてたと思う。でも洋服か和服かって訊かれるとちょっとわからない。あ、それと頭には烏帽子《えぼし》みたいなものをかぶってた気がする、小檜山さんみたいな」

「これは烏帽子じゃない！」

峠が判事のようにとんとんとテーブルを叩いた。

「こうして見てくると、この神さま事件の真相にはまだ調査が必要だ。来週の週末まで各々《おのおの》独自で探偵活動に励んだ上で採決しよう。いまのところ有力なのは、寺の地霊説で神が出現という俺の案かな」

（……寺なんだから神じゃなくて仏じゃん！）と流太は内心突っ込みを入れる。

会議が終わって母屋へ戻る間に流太は辻へ近づき、これから少し話を聞かせてもらえないかと頼み込んだ。

「明日は日曜で仕事が休みだから別にいいよ。けど、青柳君は話が長いからなあ」

「今日は気をつけます」

少し遅れて歩いてきた小檜山が背中に声を掛けてくる。

「いいか、人から話を訊き出そうとするときは、自分からたくさん話しちゃいけない。簡潔で的確な質問をぶつけ、なるべく相手に多く喋らせるんです。話し上手は聞き上手というのは、探偵活動でも有効だ」

肩をぽんぽんと叩いて追い越していった。会社の上司に仕事のこつを教えられている気分だった。いったん自室に戻りメモ帳を持って辻の部屋へ行き、意気込んで聞き取り調査を開始する。

「当夜のようすをもう少し詳しく教えてください」

「もう少しじゃなくて、可能な限り詳細に、のほうがいいんじゃない」

「もちろんそのほうが有難いですけど」

「いったん喰《く》らい付いたらしゃぶり尽くすまで離れない、ぐらいの強い気持ちじゃないと何も摑めないと思うよ。自分の仕事なんて未《いま》だに徒弟制度の世界だから、いつもそういう気持ちで臨むことにしてるけど」

流太は自分の頬を両手でぱんぱんと張ってから、「うしっ」と気合いを入れ直して質問をはじめる。

「辻さんが憶えてること、洗いざらい教えてください！」

「さっきも話したけど、あの日は仕事が凄くうまくいって自分でもややハイになっていたとは思う。まっすぐ家に戻ってきて、興奮冷めやらぬ中すぐに写真集を見た」

「自分に乾杯とかはなしで」

「せっかく仕事がうまくいったから、今度は名建築でイメージトレーニングしようと思った。そういうのってすごく大事なんだ」

「時間はどれくらいでしたか」

「気がついたときには二時間ぐらい経ってたかなあ。自分でもびっくりした。それだけ興奮してたってことだよね。さすがに腹が減って晩飯でも作ろうと食堂へ行ったんだけど……青柳君、鼻血出てるよ」

子どもの頃から興奮すると出やすいたちだ。ティッシュを鼻に詰めて取材をつづける。

「何時頃でしたか」

「そうだな、多分八時から九時の間くらいじゃないかと思う。食堂にも台所にも誰もいなかった。誰かと話したい気分だったけど、そういうときに限っていないんだ」

立ち話もなんだからと座布団を勧められたので、腰をおろして二人で向かい合った。

「何を作ったんですか」

「肉野菜炒め、自分の定番だ。それと味噌汁《みそしる》。余裕があるときは出汁《だし》からとるけど、あの日は体も疲れてたしうま味調味料ですませた」

「これ、調査というより個人的な興味なんですけど、肉野菜炒めには何を入れますか」

辻がにやりと笑って腕組みをした。

「いい姿勢だ。そうやって突っ込んでもらうと、忘れてた細部を思い出すきっかけにもなる。自分はいつも大体同じで豚バラ肉とキャベツ、玉ねぎ、ピーマンは嫌いだから入れないけど、キノコは入れたいね。椎茸《しいたけ》とかキクラゲ、エリンギもいいな」

「キノコが好きなんですか」

「大好きなんだよ、体にもいいしね。そういえばあのとき、まな板の横に置いてあったえのき茸を少し拝借した。誰のかわからなかったけど半分ほど使わせてもらった。ここでは基本各自の所有食材を使うルールだけど、材料が足りないときは使ってもいい。但し翌日には買って返すことになってるから、その通りにして」

ちょっと気になったのでメモ帳に〈えのきは誰の？〉と書いて丸で囲んでおく。

「食べてからどうしましたか」

「部屋に戻ってまた写真集を見た。とにかく成功体験の感触が消えないうちに、自分の身体に刻みつけておきたかった。で、たくさんの名建築を見てるうちにどんどん幸せな気分になってきて、いつか自分もこんな建物を造れるかもしれないって考えてると、無性に楽しくなってきた。ああいうのを多幸感っていうのかな。そうこうするうちに、気がついたら神が目の前にいた」

「神さまとはどんな話をしたんですか」

辻はいったん天を仰ぐようにして黙った。それからしばしの後に、笑みを浮かべてこう言った。

「ごめん、会話の中味は言いたくないんだ。本当に幸せな時間だったから。ただ、神社仏閣について自分が思うところを話して、神が今後の人生に対してアドバイスしてくれたとだけ言っておくよ」

会話の内容を無理にでも訊き出す必要はあるだろうかと考えた。少なくともいまのところ必要ないと判断し、さらに一つ二つ質問してから礼を言って部屋を出た。

自室に戻る途中に小檜山の部屋の前を通りかかったとき、中から声が聞こえてきた。あまりよろしくない趣味とは思いつつ、つい立ち止まって耳を澄ませた。

小さな声で男と女が言い争っている感じだった。エロ大王という峠の言葉を思い出す。まさか女性を部屋に連れ込んでいるとか？　そんな疑惑が頭をよぎった。いけないこととは知りながらも、自然に体が惹《ひ》きつけられていってドアに耳をつけようとしたとき、突然ドアが開いた。

「何か用かな」

小檜山が立っていた。

「あ、いや、そのあれです、そう、小檜山さんに伺いたいことがあって、でも夜も遅いんで迷ってて、ノックしようかどうしようか」

「ほう、探偵活動のことで？」

こくこくと何度も頷く。

「入れよ、暇つぶししてただけだから」

ドアを大きく開けて招き入れられると、テレビ画面の中で男女が見つめ合ったまま静止していた。

「映画を観《み》てたんだ。カサブランカ、知ってるか？」

「知りません、すみません」

室内は、流太の部屋と同じとは思えなかった。家具らしい家具がほとんどない。大型の液晶テレビとその真向かいにソファがあり、間に小さなテーブルがあるだけだ。四辺の壁には、唯一ソフト帽だけが掛かっている。

「あまりに殺風景でびっくりしたかい」

「いえ、シンプルな部屋だなと思いまして」

「好きな映画を観て、終わったらソファをベッドに変えて寝る。それだけの部屋だ。シェーカー教徒でももう少し物を持ってるだろうな」

小檜山に促されてソファに並んで座った。

「で、訊きたいことというのは」

「いえー、実はですねー、あのー、今回の……」

何も考えていなかったのでどうごまかそうかと時間稼ぎをしていると、小檜山が何ごとかに気づいたというようにぱちんと指を鳴らした。

「そうか、何年か前に僕が連れてきたアメリカ人のことを誰かから聞いたんだな。辻さんか？」

いや、と言いかけてから咄嗟に首を縦に振ってしまう。

「よくそこまで辿り着いたな」

小檜山はテーブルの上にあったパイプを手にとると、煙草《たばこ》の葉を詰めはじめた。火をつけて悠々と煙を吐き出すと、甘さと酸味が混じったような香りが漂った。悪くない匂いだった。

「あれは何年ぐらい前になるか、珍しく僕が安酒場で飲んでたら、一人旅をしてるアメリカ人と知り合った。お互いでたらめな日本語と英語で話してたら盛り上がってね、洋の東西を問わず女の話題は万国共通だ。そんな話をするうちにすっかり意気投合して、彼がその日の宿をとってなくて野宿するというので、だったら僕のボロ家に泊まっていけよって話がまとまって、この部屋に連れてきたわけだ。

夜中なのに彼は背負っていた巨大なバックパックをごそごそやりはじめて、中から何かを取り出した。白っぽい粉を差し出して吸ってみろって言うから、こりゃヤバいやつだなと思って吸ったふりして捨てたんだ。僕はその手の物には興味ないんでね。その日は朝方近くまで大変だった、彼が笑ったり泣いたり裸踊りを披露してくれたりしてさ。でも凶暴になったりすることはなかったな、終始穏やかで楽しそうで。もちろん僕は酒だけで付き合った。

翌日、帰りがけに泊めてくれたお礼だといって栽培キットってのをくれた。なんでも向こうでは愛好家たちが簡単にネット通販でそのキットを買えるから、礼儀としてもらっておいたが興味もないから鉄之介さんにやった。その後どうなったかは知らない。とまあ、これが僕の知ってることの全てだ。他に聞いておきたいことは？」

「今回の事件、小檜山さんはどんな方向で調べてるんです」

「それは秘密だが……まあ青柳君が頑張ってるようなので、特別ヒントをあげよう」

薄笑いを浮かべ、またパイプをふかして言う。

「フーダニットに見えて、その実ハウダニットかもしれないよ」

意味がわからなかったから素直に尋ねた。ミステリでフーダニットは犯人当て、ハウダニットはトリックを見破ることを意味するのだと教えてくれた。

「小檜山さんはよほど探偵ものがお好きなんですね」

「僕のマニアぶりはメンバーなら誰しも知っていることだけど、ああ見えて辻さんも案外ミステリ好きなんだ。僕の場合は安楽椅子探偵派だけどね。それから、これは事件とは関係ないけど」

急に声をひそめる。

「辻さんが探偵活動に身を入れるようになったのは、小夜さんが参加するようになってからなのさ」

「付き合ってるんですか。俺も薄々そうじゃないかと勘ぐってたんですが」

「僕の見るところまだ恋人じゃない気がするな。彼らの純愛がぜひ成就するといいんだけど」

喋りながら吐くものだから、口の動きに合わせて煙の形が変化するのが面白い。漫画の吹き出しみたいだ。

「そういえば、以前こんなことがあってね」

流太がハウスへくる前の事件で、かなり凶暴な相手と三人がやり合わざるをえなくなったことがあったそうだ。小檜山が人質に取られて首元にナイフを突き付けられたとき、辻の電光石火の足蹴りでナイフだけがきれいにすっ飛び、小檜山は事なきを得たという。

「だから僕は辻さんに大きな借りがある。いつかそれを返したいと思ってるんだ。辻さんは奥手そうだし、小夜さんも少々変わったところがあるから、僕が仲を取り持てればいいんだが」

小檜山がパイプから灰を落としたのを機に、流太は立ち上がった。夜分遅くに申し訳ありませんでしたと謝って部屋を出た。

小さな違和感があった。いつもの小檜山よりもやけに饒舌《じょうぜつ》だという気がした。まるで流太が来るのを待っていて、事前に話す内容まで準備していたように思えた。

アメリカ人が持ち込んだその薬物らしきものが、辻の神さまと関係しているのだろうか。栽培キットということは大麻だろうか。出来事の点と点は何となく見えてはきたが、どう結べば解決に向かうのかがさっぱり見えてこない。点線力が発揮できない。

今日一日で人の話をいっぱい聞いたせいか、頭の芯がすっかり疲れていた。とりあえず今日はこれで終わりにしようと思って部屋へ帰り、少し休もうとベッドに横になったら朝まで熟睡してしまった。

†

翌日、昼前にようやく起き出した流太は朝昼兼用のパンを詰め込んでから、森田の部屋へ行ってみた。確かめたいことがあったからだったが不在だった。

峠にも聞き込みしたかったので土蔵へ向かった。奥の部屋から出てきた顔は疲れていた。

「何かあったんですか」

「ちょっとな」

「事情聴取させてもらえないかと思いまして」

冗談のつもりで言ったのだが、案に相違して峠は顔を引きつらせた。

「どういうことだ、俺が何かしたってのか」

「そういうわけじゃありません。ただ話を聞きたいだけです。小檜山さんから聞いた、何年か前にアメリカ人の旅行者が置いていった、栽培キットについて知りたいんです。峠さんは小檜山さんからもらったその栽培キットをどうしたんですか。大麻だったんですよね？」

無言でこちらを見つめている。囲炉裏端に座ろうかと思ったのだが、峠がブロックするように立っているので、流太は仕方なく三和土に立ったままで告げた。

「いまも栽培してるんだったら、麻薬取締《とりしまり》法違反になりますからすぐに……」

「やってるわけないだろう、そんな自分の手が後ろに回るようなこと。しかもそれは古い法律で、いまは麻薬及び向精神薬取締法っていうんだ」

「詳しいですね。小檜山さんは峠さんに譲ったって言ってました」

「大麻かどうかは知らねえよ。ただ、面白そうだから育ててみようと思っただけだ」

しばらくは陽に当てたり水をやったりしていたのだが、いっこうに植物らしきものの葉は出てこず、そのうちやせ細ったキノコが生えてきた時点で失敗したと思ったのだという。

「大麻が収穫できたら一回ぐらい、マリファナをいたずら半分で経験してみようかと思ってたんだが」

いたずらが見つかったとでもいうように頭を掻いて笑う。やっぱり知っていたんじゃないか。

「どうも腐らせちまったみたいだから、あとは興味もなくなった」

「なんだ育たなかったんですか」

流太ががっかりして言うと、峠は乾いた声でハハッと笑った。

「残念だったな、お前の捜査も暗礁に乗り上げたようだ。まあ探偵活動をやってりゃそういう局面にはしょっちゅう出くわす。問題はそこから、ここからが踏ん張りどころだ。丹念に事実を拾い上げていくだけじゃ限界だと悟ったら、ここを使え」

自分のこめかみをとんとんと指で叩く。

「探偵と言えばなんだ」

「探偵と言えば……活動？」

「違うよバカ。そうじゃなくて」

物わかりが悪いなとでもいうように、峠が自分のこめかみのところを指でとんとんと叩いた。

「探偵と言ったら推理だろうが。こつこつと集めた事実と事実がどうしてもうまくつながらない、そんなときは知恵と直感で推理して真相に近づく、わかったか新入り」

峠がそそくさと奥の部屋へ消えたので仕方なく外へ出た。さっきまで曇っていた空からぽつぽつと雨が落ちてきた。今年の夏は暑かったが、秋になったとたんに雨が多くなった。ハウスへ戻ろうとしたとき裏口から誰かが入ってきた。

森田だった。ハウスの玄関へは向かわずに彼は土蔵のほうへ行くと建物の陰に消えた。不審に思って流太もあとをつけてみた。隣家との境にブロック塀があり、その内側に生け垣が植えられていて日当たりの悪い一画だ。

しゃがみ込んだ森田は熱心に地面の何かを探している。

「何か落とし物？」

森田がびくっと振り返る。

「あー、びっくりしたあ。脅かさないでくださいよもう」

「ごめんごめん。裏からこっちにくるのが見えたから、どうしたのかなと思って」

少し恥ずかしそうに笑いながら彼が言う。

「ちょっと食料調達できないかなと思って。ここ、たまに野草とかキノコとか出てるんで」

へえ、と答えた直後、頭のてっぺんに電気が走った。なんだ？　何かいま閃いた気がしたんだけど……何かがつながった手応えはあるくせに、それが何なのかが薄い霧の彼方《かなた》に霞《かす》んで見えない。

流太は森田からいくつか話を訊き出してから、ハウスへ戻って小夜の部屋に向かった。

おずおずとノックするが中に人の気配がない。念のためもう一度ノックしてみたがやはり返事がないので踵《きびす》を返そうとしたとき、ふわぁ～というような返事とも欠伸《あくび》ともつかない声がした。

立ち止まり、しばし内側に耳を傾けた。

「だれ？」

「青柳ですけど」

ちょっと待ってと言うとペタペタと足音が近づいてきて、ガチャリとロックを外す音がした。と、またカチャリ、そしてガチンと物音がつづき、ようやくドアが細く開いた。いったい何個鍵をつけているのか。

暗い部屋の中から目が一つ、こちらを見つめている。何やら甘やかな香りが漂ってきて、やはり女性の部屋だなと思った。

「小夜さんだったら詳しいんじゃないかと思って、ちょっと質問を」

「なに？」

「あの……このままで話します？」

「当然でしょ。曲がりなりにも女性の部屋だよ」

部屋の中は決して覗かせないというように、ドアのすき間をさらにせばめる。もう小夜の片目の幅しか開いていない状態だった。

「しかもわたし寝起きのどスッピンなんだから」

「わかりました。それじゃ本題ですけど、キノコのことなんです」

瞳は微動だにしない。無反応だ。

「キノコを食べて食中毒になって、それで幻覚を見るなんてことありますかね」

「あるよ」

即答だった。彼女はある単語を口にして、聞いたことない？　と訊いてきた。

「すみません、ありません」

すき間から見えている目の目尻が下がった。笑っているらしい。

「流太君はいつも謝ってばっかり。アルカロイドは知らないだろうね」

「あ、それは知ってます、確かロボットの……」

「それはアンドロイド。別名ヒューマノイド」

流太の言葉を冷静にさえぎると早口で説明する。

「アルカロイドは植物に含まれる成分の一種で、動物に生理作用を及ぼす天然由来の成分のこと」

内容をできるだけ漏れがないようにメモした。〈生理作用〉という部分を丸く囲んでおく。

「助かりました」

頭を下げたとき開いたドアにぶつかった。痛っ、と頭に手をやろうとして今度は指をぶつけた。ぐぉー、と悶えていると、小夜がバカねえとやさしく言った。

「真相が見えてきたとか？」

「うーん、たぶん」

数秒間が空いてから、小夜は唐突にこう言った。

「わかった。それじゃ今夜会議を開くように峠さんに言っとく」

「いや、それはまだ早いんじゃないかと」

言葉の途中でドアは閉まり、さっきと同じようにロックの音が三回つづいた。再び鉄壁の要塞に戻ってしまったらしい。部屋に戻りながら、そういえば小夜の部屋だけ特別なセキュリティを施してあるという話を思い出した。

今夜か。他のメンバーがどんな真相や結論を出してくるのか、楽しみなような怖いような複雑な気分だった。自分だけでいろいろ調べて考えて、初めて単独で結論を導き出せるかもしれない。だが果たしてそれは他のメンバーに通用するものだろうか。

武者震いするような高揚感を押し殺して、そのためにもう少し推理を煮詰める必要があるぞ。自分にそう言い聞かせた。

土蔵の会議に続々と集まってくるメンバーのようすを、一番初めに来ていた流太は観察していた。辻、小夜、小檜山の順で入ってきたのだが、何だかいつもと雰囲気が違っている。これまではもうちょっと緊張感が漂っていたはずだ。

ところが今日は皆の顔に一様に笑みが浮かんでいる。最後に土間に入ってきたのはここの住人である峠だった。彼一人が眉間にしわをよせて深刻そうである。

「それじゃはじめよう」

いつものように黒板が出てくるかと思ったらその気配はない。やっぱり今日は何か変だ。

「それでは流太が調べた真相を発表してくれ」

トップバッターとは気が重い。思ったことが顔に出たらしく、峠が言った。

「なんだ自信がないのか。ずばっと結論から言ってみろ」

流太は肚をくくった。そして自分なりに解決シーンを盛り上げるために考えてきたことを、思いきって実行することにした。

人差し指を高く上にあげてゆっくりと下ろしていき、それからその指を峠に向かってびしっと突き出した。

「犯人はあなたです、峠さん！」

水を打ったようにと言うが、まさにこんな状況をいうのだろうと思うぐらい、しんと静まり返った。一度でいいからこういうのをやってみたかった。でも失敗だったかもしれない。

意外なことに峠はびくとも動揺していないどころか、薄ら笑いを浮かべている始末だ。

「ほう、そうきましたか。鉄之介さんを犯人呼ばわりするからには、もちろんそれなりの裏づけがあってのことだろうね」

ソフト帽をかぶり直して小檜山が言うので、流太は大きく頷いた。

「聞かせてもらおうじゃないか、新入り探偵」

峠も身を乗り出すように挑発してくる。流太は頭の中でまとめていたストーリーを呼び出す。

「そもそもの発端は、何年か前に小檜山さんが連れてきたというアメリカ人がくれた、怪しい粉と栽培キットにあります」

峠と小檜山がうんうんと頷くが、辻と小夜はぽかんとしている。知らなかったのかもしれない。

「何かの薬物、一番ありがちな大麻だろうと考えた小檜山さんは、興味がないため峠さんに話をした。峠さんは面白そうだと思いしばらく栽培してみた。ここまでの時点で、すでに大きな勘違いがあるんです」

どきどきしながらも、なるべくゆっくりと全員を見渡した。

「栽培キットで育ててたのは、実は大麻じゃなかった」

全員が真剣に聞いている緊迫感がびんびんと伝わってくる。なんだこの就活面接っぽい雰囲気は。

「ここからさきは俺の想像になりますけどいいですか」

「探偵がやるべきは想像なんかじゃない、推理だ。たとえ新入りだとしてもな」

「それでは俺の推理を話します。しばらく育ててみたものの植物の葉っぱらしきものが出てこなくて、しまいにはキノコが生えてきたのを見て腐ってしまったと思った。峠さんはそう証言しましたね。問題はここなんです。峠さんはその栽培キットをどこへやったか憶えていないと言いましたが、ここの西側にある狭い裏庭に捨てたんじゃありませんか、土蔵の窓から」

手のひらを額に当ててしばし考えていた峠の顔がぱっと輝いた。

「そうか！　そうだったかもしれない、いま言われて思い出したよ」

「前のクマ出没事件のとき、悪くなって食べられなくなった野菜なんかの生ゴミを窓から裏庭に捨てて小夜さんに叱られてました。それでその栽培キットも同じように捨てたと想像……推理したわけです」

「ほほう、これはなかなかですね」

小檜山が峠に向かってうなずく。

「ここで登場する人物X、それが森田君です」

今度は全員が意外そうな表情を浮かべた。なぜだかどんどん気分が良くなってくる。快感だ。

「ご存知の通り森田君は、バイトをはじめてここで居候生活をしてます。暮らし向きは以前より良くなったといっても、貧乏暮らしに変わりないようです。俺と一緒に投網で獲《と》る予定の魚を、冷凍にすることまで楽しみにしてるぐらいですから。夕食はバイトの賄いで助かってますが、自立するために必死でお金を貯めていて、節約のため公園に生えてる草まで調理して食べることもあるそうです」

おぉーと感嘆の声があがった。

「そして彼は辻さんが神さまと話したちょうどあの夜、土蔵の裏庭に生えていたキノコを試しに食べてみようと考えて、採れるだけ採って台所に置いていたそうです。森田君はこんなことを教えてくれました」

流太はさっき森田に会ったときの話を伝えた。

キノコは夏が暑くて秋に長雨と低温がしばらくつづくと、爆発的に大発生するとバイト先の店長から聞いた。だったら今年はどんぴしゃではないか。日当たりが悪くじめじめした場所がいいというので、たまたま先週見にいったところキノコがたくさん生えていた。これはラッキーとばかりに収穫しておき、キノコに詳しい店長に食用かどうか鑑定してもらおうと思い、台所に置いていた――。

「裏庭から採ってきてすぐ、水で洗って置きっ放しにしてたと言ってました。時間も遅かったから、まさか他の人が使うなんて考えもしなかったそうです」

小夜が驚いたように辻を見た。気まずそうに頭を掻いて辻が言い訳する。

「滅多にやらないですけど、あの日はどうしてもキノコが食べたくて、つい。でも、ちゃんと次の日にはえのき茸を買って戻しておきましたから」

「それだったらルール通りだよ」

「アメリカ人の置きみやげは、大麻じゃなくてマジックマッシュルームだったんです」

流太が宣告すると、小夜がうなずいた。

「それが小檜山さんから峠さん、そして生育条件がぴったりの湿度の高い裏庭に生えていたところを森田君に摘みとられ、それを拝借した辻さんの口へ入った。調べたところでは、マジックマッシュルームで見る幻覚には神仏が登場することも多くて、しかも直前に見聞きしていたものの影響を大きく受けるそうです。辻さんは毎晩のように神社仏閣の写真集を見るのが日課だったそうなので、それもあったんでしょうね。マジックマッシュルームのことを教えてくれた小夜さんに説明してもらってもいいですか？」

小夜が話を引き取る。

「マジックマッシュルームと呼ばれるキノコには、アルカロイドが含まれているの。これは植物に含まれる成分の一種で、動物に対して生理作用を及ぼす天然由来成分。中でも、シロシビンとシロシンっていう成分は麻薬に似た作用を及ぼすことが知られていて、北南米大陸では宗教儀式に使われたりしてたぐらい。強烈な幻覚を引き起こすという特徴がある」

流太は小夜に向かってぺこりと頭を下げ、大きく一度深呼吸してから宣言した。

「これが今回の神さま事件で、俺がたどりついた真相です」

「ブラボー！」

小檜山が両手を上げて拍手し、それから大仰な仕草でソフト帽を取った。脱帽の意味だろうか。

辻と小夜も小さく手を叩いているが、峠だけは腕組みをして相変わらずにやけていた。

「さて、それじゃ他に真相に辿り着いた人はいませんか」

小夜が仕切りはじめた。小檜山、辻、峠と見ていっても誰も手をあげようとしないので流太は驚いた。

「今回は峠さんが被告人なのでわたしが進行します。他に真相の意見がないということは、多数決は簡潔明瞭ね。峠さんは犯人か、犯人じゃないか。峠さんが犯人だ、と思う人は挙手して」

流太は手を挙げ、固唾を呑んで周りを見回した。だが意外なことに手を挙げたのは流太だけだった。

「え？　え？　だって……」

「そこ、採決の途中で発言は慎んでくださいね」

小夜に注意され、黙り込む。

「それでは〈峠さんは犯人じゃない〉と思う人」

小檜山、辻、小夜、そして峠までもが挙手している。被告人が多数決に参加っておかしいでしょ！　と突っ込みたくなるのを我慢した。

「はい、一対四で〈峠さんは犯人じゃない〉に決定！」

なぜか流太以外の全員が盛大な拍手を送っている。しかしそれは無罪放免となった峠にではなく、自分に向けられているらしかった。

拍手が鳴りやむと峠が切り出した。

「流太、これはお前の推理に対する賞賛の拍手だ。今回の辻が神さまを見た一件は、お前の推理でたぶん間違いない」

そこでもう一度拍手が沸き起こり、峠がそれをおさえる。

「多数決の結果は、古参組が俺を無罪にするため共謀してずるをしたと考えてるかも知らんがそうじゃない。犯人の定義を知ってるか？　罪を犯した人のことを言うんだぞ。例えば交通事故で被害に遭った人は被害者だが、事故を起こした人は加害者であって犯人じゃない。つまり今回の事件は意図的なものではなく、過失と偶然が重なって起きた事故。未必の故意ですらない。だから多数決の〈峠は犯人ではない〉は正しい」

そこで一拍おいて峠はつづける。

「最後に重要な告白をしてやろう」

全員がにやにや笑っている。

「実は、今回の事件は探トレだったんだ」

「探トレってなんですか」

「バカ者、探活が探偵活動なんだから、探トレは探偵トレーニングに決まってるだろうが！」

筋トレや脳トレは聞いたことがあるが……探トレ？

「流太の探偵力を鍛えて早く一人前にするためのトレーニングだ。お前気づかなかったのか？　今回聞き込みしていく中で、やけに住人たちが協力的でスムーズに進んだってことを」

言われてみれば確かにみんながヒントをくれた。小檜山に至っては訊きもしないことまで教えてくれた。

「俺以外全員がグルだったってことですか」

「グルとは人聞きの悪いことを言うな。探トレであることはみんな知っていたが、真相は誰も知らなかった。つまり、〈そして誰も知らなかった〉」

上手くねえよ！

「今回の件は探トレの題材にちょうどいいと話がまとまってな。いわば新入りへの挑戦状だったわけだ」

「そう、クイーンさ。そしてその探トレに、青柳君は見事な推理で応えてくれた。素晴らしかった」

「自分も理由がはっきりわかって胸がすっとしたよ」

「わたしも。キノコの食中毒のことを訊かれたときは、いったい何の話と思ったけど、皆で最低限のヒントだけはあげようと決めてたの」

かつがれて悔しいはずなのに、なぜかうれしかった。頰に手をあてて気取ったポーズで峠が言った。

「流太の推理は正しかった。だが、正しいことがいつも正解とは限らない」

(なに決め台詞っぽく言ってんだよ!) と心の中で突っ込むと、言いにくそうに小夜が言った。

「流太君さ、さっきからみんな気になってるんだけど、自分は心の呟きが口から出るタイプだってこと、そろそろ自覚しといたほうがいいと思うよ」

峠が鬼のような形相でこちらを睨みつけていた。

第四話

浮気殺人事件

「あれっ、もしかして青柳君じゃない?」

いったん前を通り過ぎた女性が戻ってきて、唐突にそう言った。流太はスマホから目を上げた。

きれいに化粧した同年代のその女性は、肩にかけたショルダーバッグのストラップを、両手でぎゅっと握りしめている。驚きで目を見張っているその顔をまじまじと見た。

「もしかして……吉川《よしかわ》? 吉川みのりか」

うそー! と声が重なった。流太は得意先との打ち合わせを終えて社へ戻る途中だった。会社で新たに開発した、先端の印刷技術とウェブを連動させた新サービスの提案書を、流太が一週間ほどかけて作成した。そのプレゼンテーションをついさっき無事に終えて、肩の荷を下ろしてほっとしたところだった。

「まさか東京のこんな場所で」

「仙台の同級生に出会えるなんて」

「すげえ偶然」

「だよね」

一文を分け合って交互に言う。風が少し冷たかったが、不意に興奮して体が熱くなってくる。

「仙台なら百万分の二人に過ぎないけど、東京は千三百万分の二人だよ？　信じられない」

「みのりはいまどんな仕事してるの」

鼻のあたまを掻きながら流太は訊いた。

「普通のＯＬだよ。ごく普通の会社の、ごく普通のＯＬ。流太君は？」

「俺も同じ。すっげえ普通のサラリーマン」

互いに苦笑を交わした。だいたいの人間は久しぶりに再会した場合、こんなふうにあたりさわりのない自己紹介をし合うのだろう。普通という言葉は、立ち入ったことは訊かないという暗黙の了解でもある。

歩道の真ん中で通行の邪魔をしている感じだったので、ビルの前まで移動する。

「大学も東京だったんだ？」

流太が訊くと、彼女は首を縦に二度ふった。

「仙台に戻って来いっていう両親の反対を押し切って、卒業してからもそのまま東京」

「そうか。いや、でも懐かしいなあ。そういえば内海《うつみ》晴子《はるこ》はどうしてる？　確か仲良かったよな」

どこか曇りがちだったみのりの顔は、花が咲いたみたいにぱっと明るくなった。そう、こんな笑顔だった。甘酸っぱい想《おも》いが気持ちの奥からよみがえってくる。

「ああ晴子、彼女はいま仙台で……」

そこからしばらく旧友の噂話に花を咲かせた。時折ビル風が強く吹きつけて寒かったが、二人とも夢中で立ち話をしていた。そろそろ夕方に近づく頃合いで、何げなく時計を見たら十五分も経っていた。

「あ、やべえ。会社戻らないといけないんだった」

「わたしも」

反射的に名刺をもらおうかと思った。しかしそれでは他人行儀な感じだから、メールでいいかと考え直す。

「よかったら連絡先教えてくれないか」

「いいよ」

ラインのQRコードを交換した後、やや間が空いた。どこか別れがたい気持ちでいるのは二人ともわかっているのだけど、きっかけが摑みにくかった。

鼻の頭を掻きながら冗談めかして言ってみる。

「千三百万分の二っていうこの奇跡的な偶然に感謝して、祝杯でも挙げたい気分だな」

「わたしもそう思ってた」

彼女が目を輝かせて答えた。

(うおっしゃぁー!)

心で叫んだ。通りすがりのサラリーマンが、ぎょっとしてこちらを見た。また心の声が洩れ出たらしかった。

†

夜の七時に待ち合わせた。食べ物は何が好きかと尋ねると、会社帰りにたまに立ち寄る店があるからそこにしないかとみのりが提案した。美味《おい》しくて安い、いわゆるコスパが高いことで人気の都内によくある和食中心のチェーン店だ。

飲み物とお勧めだというメニューをひと通り注文し終わると、彼女は言った。

「東京に来たての頃って、かっこつけてイタリアンとかカフェとか通ってたんだよね。でもやっぱり実家を離れてることもあって、この頃はお母さんの手料理っぽいものっていうか、煮物とか焼き魚みたいのが無性に食べたくなってきて」

「ああ、わかるわかる。俺は転勤で東京にきて最初からホームシック気味だったから、よーくわかる。気取った店に行ったのなんて最初だけ」

学校時代の友だちは気兼ねしなくていいから楽だ。正確には中学時代に淡い想いを寄せていた女友だち、だが。仕事の話はせずに、相変わらず昔の友人たちの消息を教え合っていたりしたが、ある話題がでたとき彼女の表情が曇った。

みのりが流太に「付き合っている人はいるの?」と訊いたときのことだ。

「それがいないんだよ、残念ながら。みのりは?」

訊き返した途端、彼女は眉間にしわを寄せて顔をしかめたのである。このとき流太の期待は最大級に膨れ上がっていた。自分には彼女がいない、彼女には彼がいない。

仙台の同級生が東京で偶然出会い、互いに淋《さび》しい者どうしでたまにどこかで会わないか？　そんな自然な流れになるのではと期待していた。

「それが、悩んでることがあって」

話の流れていく先がやや変わった気がしたが、それでもまだこの時点では望みをつないでいた。

「いま付き合ってる彼がさ、浮気してるような気がして」

後頭部を不意にがつんと木槌《きづち》で殴られたような鈍い痛みに襲われた。いる、いないをすっ飛ばしていきなり恋愛相談か。

ここで初めて、再会直後にみのりが誘いに乗ってきた理由がわかった。彼女は相談相手が欲しかったのだ。

「そ、そうなんだ、へえ。どうして浮気を疑ってるの」

「彼の部屋に他の女の気配がする」

木槌が何度も鈍く連打してくる。偏頭痛がしてきた。

「具体的には、例えば？」

「ベッドの下にバレッタが落ちてた。髪の毛を束ねる小物なんだけど、わたしが絶対に使わない色と模様のが」

どきりとした。女性は鋭い。疑心暗鬼に陥っている女性ならなおのことだ。楽しい再会の宴《うたげ》となるはずだった場は、愁嘆場《しゅうたんば》の一歩手前という雰囲気に変わった。あまりに彼女が辛《つら》そうだったため、流太はつい安請け合いしてしまう羽目になってしまった。

「……ということがあったんです、今夜」

声が想像以上にしょんぼりしていて自分で驚いた。

「仙台の同級生、東京での劇的な再会、そしてその夜に食事。恋愛ドラマに発展していく要素がこれでもかってほど詰め込まれてるのに」

小夜が真顔で言った。茶化してもらったほうがなんぼか気が楽だ。ハウスに帰ってきたとき食堂にいた小夜を見かけ、つい話しかけてしまったことを後悔した。今日の白衣は薄い青色で流太のブルーな気分に拍車をかける。

「でもいまの話を聞く限りじゃ恋の見込みゼロかな。研究者としてはどんな事象でも可能性がゼロと言っちゃいけないけど、流太君のこの恋に関してはゼロ」

「そこまでひどい言い方しなくたって」

「逆に中途半端に期待させるほうが酷だと思うの、わたしは。そういう意味で言えばその女の子は潔いじゃない」

「そうでしょうか」

「それとも最初から眼中になかったのか、流太君のこと。そうか、そういうことか」

自分の言葉にいたく納得している。考えはじめると自分の世界にのめり込んでいくタイプだ。

そんなことは別にわざわざ言われなくたって自覚している。中学時代だってそうだったものが、大人になったからって激変するわけがない。小夜が言ったように、同級生との再会で恋が始まるなんて現実にはほとんどあり得ない話だ。

「それで、いったい何を安請け合いしたの」

「知り合いにセミプロの人たちがいるから相談してみてやるって」

「セミプロ。なんの」

「いや、探偵みたいなことをする人たちが……」

飲みかけたカップを止めて、小夜がこちらをじっと見る。

「それって、わたしたちのことじゃないよね」

「さすが察しがいいですね。そうです、シュアハウス銀杏坂のメンバーの皆さんのことです」

「恰好《かっこ》つけたくなったんだ」

「いやそんなこと……そうなのかな」

「男って、ほんとバカ」


翌日の夜帰るとすぐに辻が部屋にやってきて、いきなり言った。

「自分は恋の見込みはゼロじゃないと思うな。頑張ってみろよ、青柳君」

一瞬ぽかんとしたが、昨夜の話だと思い出す。

「小夜さんから聞いたんですか。皆さんに相談しようと思ってたから大船に乗ったつもりでいたんですけど、俺ひとりじゃ何をどうしたらいいのかさっぱりわからなくて」

辻は太い腕を組んで、しばらく考えてから言った。

「自分もいろいろ調べたりするのは上手なほうじゃないけど、それでもやれることはあると思う。例えば、その彼の浮気現場を押さえてやるなんてのはどうだろう」

「どうやってですか」

「捜査の基本、張り込みさ。彼女は彼の部屋に別の女の気配を感じたと言ったんだろう？　ということは浮気はその部屋で実行されてる可能性が高い、そう考えられるんじゃないか」

一理ある。それにしても浮気の実行って。

「今回の話は、どう考えても事件じゃない。つまり会議にかけても鉄之介さんも小夜さんも小檜山さんも乗ってこないと思う。けど、張り込みぐらいなら青柳君ひとりでもできるじゃないか。彼の浮気現場を直接押さえるのは難しいにしても、もしも他の女が出入りしている事実を押さえて伝えることができたら、彼女は凄く感謝してくれると思うな。そこから先の展開は青柳君次第だけど」

「張り込みか。やってみる価値、ありますかね」

「寒い季節の張り込みは忍耐力と根性が必要だけど、やるかどうかは青柳君がその同級生をどれぐらい助けてやりたいと思ってるかによると思うな」

「本気で助けてやりたいと思ってるんです。よし、俺やってみます！」

いったいどれぐらいの頻度で浮気しているのかは知りようもないが、昔好きだった女の子の悩みを解決する助けになるのなら、やれるだけやってみてもいいと思った。

辻が帰ってから早速ラインでみのりに連絡した。セミプロの人にちょっと調べてもらうからと、自分で張り込みすることは伏せて彼の名前と住所、部屋の場所を教えてもらった。そいつは南《みなみ》裕也《ゆうや》という二十七歳の男で、杉並《すぎなみ》区のM大前《だいまえ》駅前のマンションの三階に住んでいるらしかった。

翌日はノー残業デーで定時に会社を出て、流太は京王線《けいおうせん》のM大前駅へ向かった。会社帰りの姿のままだったが気分はもう探偵だ。

煉瓦《れんが》タイル張りのマンションの前に立って周囲を見回す。三階の室内を探るには向かい側に同じかそれ以上の高さの建物が必要だが、残念なことに少し広い道に面していて無理そうだった。

部屋の玄関を見張るしかないか。そう考えて外廊下を監視できる場所がないかと探した。そしてやや斜めになっているものの、ちょうど彼の部屋の入口を見通せる古ぼけたビルを見つけた。ビルの入口横に管理室があったが、窓口にはカーテンが引かれて照明も消えていた。たぶん五時か六時で業務終了のパターンだ。夜間の出入りをチェックされる心配はなさそうだ。

エレベーターで三階と四階を調べてみたが、四階のほうがマンションの張り込みがやりやすそうだった。突き当たりに非常ドアがあって、ベルが鳴らないかとひやひやしつつ鍵を開けるとドアが開いた。

非常階段の手すりに立つと、ちょうど左手にマンションの外廊下が見おろせた。かじかむ手をこすりつつスマホを撮影モードにして、バッテリー消費を減らすためスリープにして待つ。

向かって右から三番目が男の部屋だ。夜七時過ぎから張り込みを開始してしばらくたった八時二十六分、ひとりで歩いてきた男がそのドアの鍵を開けて部屋の中へ消えた。

念のためスマホにメモを残しておく。顔までは見えなかったが、コートをはおった背の高い男だった。あいつがみのりの恋人か。悔しいような気持ちと、相手に気づかれずに監視している優越感とが奇妙に入り交じっていた。

彼の部屋のドアから目を離さないようにして、途中のコンビニで買ったサンドイッチとコーヒーを急いで食べ終える。時折冷たい風が吹き過ぎ、手が冷えてしまうたびに息を当ててこすった。

九時を少し回った頃、別の男が外廊下を左から歩いてきた。みのりの彼の部屋を通り過ぎ、右隣のドアの鍵を開けて中へ入っていく。次いで若い女性が登場して今度は左隣の部屋へ消えた。なんだか途轍《とてつ》もなくつまらない映画の撮影監督になった気分だった。それほどマンションの外廊下には変化がなかった。十一時半まで粘ったが、目的の部屋のドアは彼がひとりで帰ってきたときに一度開いたきりだった。

ハウスへ戻る終電への接続を考えれば、この時刻が張り込みできるぎりぎりの限度だ。浮気するような人種が、夜中の十二時とか一時に訪ねてくるものなのかどうかは知らないが、これが限界なのだから仕方がないと割り切ってビルを出た。

毎晩通うわけにはいかなかったが、それでも週に二日か三日はマンションへ足を運んだ。男の部屋を訪れる女の姿は目撃できなかった。

気落ちするよりも、やっぱりなという納得のほうが強かった。探偵気どりの素人が二週間張り込みしたぐらいで、浮気現場を押さえられるほど簡単なわけがない。

衝撃は日曜日の朝に訪れた。

†

スマホで朝のネットニュースを見て、流太は呼吸を忘れた。

十一月二日午前、東京都杉並区のマンションの一室で南裕也さんが亡くなっているのを知人が発見したと記事にはあった。頭部に外傷が見られるが死因は不明。さらには、南さんの友人女性が事情を知っていると見て重要参考人として調べている、とも書かれていた。

実は昨晩も流太は張り込んでいた。さすがにこれで最後にしようと思っていたのだが、そのみのりの恋人がマンションの自室で死んだ。そして事情を知っている知人女性――。

まさかみのりのことじゃないよなと、まっ先に頭に浮かんだ。彼女が殺したと思ったわけではない。ただ事情を知っている女性、つまりそれ相応に親しい間柄の女性といえば、やはり恋人じゃないかと考えたのだ。

慌ててラインで返事が欲しいとアップした。午前十時を過ぎていた。じっとしていられなくなって食堂へ行ったが、こんなときに限って誰もいない。朝食をどうしようかと考えてから、飯なんか食ってる場合じゃないと思い直し、辻、小檜山、最後に小夜の部屋へ行ったが誰もいない。

あーもう、何でこんなときにみんないないんだ！　そこではたと思い当たった。もしかして峠の土蔵に集まっているのではないか。

ハウスを出て土蔵へ向かう。入口から入ると、全員ではないがメンバーが集合していた。

「大変なんです、俺の仙台が同級生で殺人事件の彼が殺されて重要参考人なんです」

峠が湯呑み茶碗を床に戻して言った。

「何言ってんだお前は。落ち着いて話してみろ」

小夜を除いたメンバーの前で、流太はこれまでのいきさつを話した。途中、辻が出してくれた湯呑みからお茶を飲んだ。

「……ということなんです」

はっと気づいてスマホを取り出して確認する。

「ライントークでメッセージを送ったけど、まだ返事が来てません」

みのりからの連絡は、十一月二日の夕方から一度も来ていない。スマホを持つ手が小刻みに震えているのに気づき、隠すように膝の上で固定する。

「もしかしたら、みのりが重要参考人として警察で取り調べを受けてるかもしれない。連絡もぱたりと途絶えてるし。俺いったいどうすれば」

全員揃って腕組みしている。三個セットの置物のようだ。

「どうやら俺たちの出番のようだ」

峠が真顔で言った。

「出番とかそういうことじゃなくて、彼女の友だちとして俺が何かしてやれることはないかって訊きたいんですけど」

「だから俺たちの出番なんだ」

峠の真意を測りかねているのか、小檜山と辻もいぶかしげな顔を向けている。流太は言った。

「いくらなんでも殺人事件を解決するというのは無理です。それは警察の仕事でしょう」

「誰が殺人事件を解決すると言った。探偵といえば殺人事件、これは係り結びの法則と同じで切っても切れない関係だ。といっても、もちろん真犯人を捕まえるなんてのは俺たちの手に余る。ところでその元カノ、人を殺すような女か？」

「まさか。それに元カノなんかじゃありません。中学時代の友だちってだけです」

「片想いの」

辻が余計なひと言をつけ加える。峠はお茶を飲んでからこう言った。

「いいか、目的は殺人事件を解決することなんかじゃねえんだ。その女の子が無実であることを、お前の手で証明してやることなんだよ」

みのりの無実を証明してやること。真犯人を探し出すことに比べればまだましかもしれないが、それでもかなり難易度の高い目標であるのは間違いない。

流太はいったん視線を土蔵の窓へ向けた。小さな窓から見える木の枝に、きれいな青色の鳥が留まって鳴いた。視線を室内に戻すと、峠が真剣な面持ちで言った。

「一度は好きになった女の子なんだろ、死に物狂いでやってみろ」

「手伝ってくれますか」

三つの置物が揃ってうなずく。流太もうなずき返す。よし、やってやろうじゃないか。

「その子の名前は」

「吉川みのりです」

「いいか、警察はそのみのりちゃんが犯人である証拠を探そうとする。一方、お前はみのりちゃんが無実である証拠を探すんだ。その大前提となる条件は、みのりちゃんが絶対に無実だってことだ。だろ？　そうだとした場合、有利なのはどっちだと思う」

なるほど。峠にしては説得力がある。つまり流太がみのりの無実を信じて行動している以上、こちらに有利に働くことになるという理屈か。

「警察はありもしない証拠を血眼になって探すことになる。だがそんなものは存在しない。なぜなら、みのりちゃんはやってないんだからな」

「峠さん、凄い。まるで本物の探偵みたいだ」

「だから探偵だと言ってるだろうが」

さっきまでのパニックが少し収まってきた。手の震えも止まっている。

「俺たちも手は貸すが、主人公はあくまでも流太だ。これまで俺たちが培ってきた最低限のノウハウは教える。無実の証明といえばまずアリバイだが、アリバイの意味は知ってるか」

そういえばコナンの映画で聞いた記憶がある。

「何となく。その時間に誰かと一緒に何かしてた、とかですよね」

「間違いじゃないが正解でもない。アリバイは現場不在証明という意味だ。つまり殺人現場にその日その時刻、当人が不在だった事実を証明できること。それがアリバイが成立するという意味だ」

峠が人差し指を立てて自慢げに話す。

「ただ、今回のニュースには重要参考人と書いてあったと言ったな。警察は完璧なアリバイがあればその人物に疑いはかけないはずだ。ということは、みのりちゃんにはアリバイがない可能性が高い」

ソフト帽のつばを指でつまむと、すーっと縁をひと撫でして小檜山が言った。

「僕もそう思いますね。こんな早い段階で若い女性を重要参考人としてマスコミに流すということは、嫌疑にそれなりの確証があるのかもしれません。でもいいですか青柳君、僕らは警察官じゃない。警察官にはできない方法がある。わかるかい」

警察にできないのに、素人探偵にできることなんてあるだろうか。考えてみたが何も思いつかない。

「多少法律に触れても問題ないってことです」

小檜山はパイプをひと口吸ってつづけた。

「警察が万一法に触れるような捜査をやったら、それこそ違法捜査だと内外から叩かれる。でも僕らにはそんな心配は無用だ、堂々と違法に捜査すればいい」

恐ろしいことを言う人だ。小檜山の言うことはどの程度まで信用していいのか。説得力がありそうに聞こえるが、もし露見した場合のことを考えるととても怖い。

「うん、いいこと言うじゃないか。逆囮捜査もいいな」

「何ですかそれ」

「捜査員が犯罪組織なんかに潜入して捜査するのが囮捜査だ。我々の逆囮捜査とは、素人が捜査員のふりをして聞き込みをすることを指す」

いいのか本当に？

「しかもこっちが有利なのは、流太がその重要参考人と知り合いだってことだ。みのりちゃんから直接、警察が何をどう疑っているのか教えてもらえるかもしれない」

それって違法ですよね、と言いかけてやめた。はなから違法を目指している人たちにそんなことを言っても仕方ない。しかも、みんな目が生き生きと輝いているのだ。

「いま彼女は警察で取り調べを受けてる可能性が高いと思うんですけど、連絡が取れるまでどれぐらいかかるでしょうか」

「重要参考人なら任意の事情聴取のはずだから、原則的に拘束期間というものはないんですよ。これは推測だけど、若い女性ということもあるから基本的にはすぐに家には帰れるんじゃないかな。拘束するのは証拠隠滅や逃亡の恐れがあるという理由からだけど、彼女の場合その可能性は低いと判断して自宅に帰らせるかもしれません。もちろん監視はつくだろうけどね」

峠は湯呑みのお茶を飲んでから小檜山に訊いた。

「ところで、なんで被疑者じゃなくて重要参考人と発表されてるんだろうな」

このメンバーの中でも小檜山はこの手のことに詳しいという立ち位置らしい。もしかして元警察官、あるいは前科者とか。性犯罪か何かで？

「取り調べしているものの、何か決め手に欠けてるのかもしれません。普通なら重要参考人は限りなく被疑者に近い立場ですから、自白してれば逮捕状が請求されてるはずです。明日か明後日《あさって》には連絡が取れるようになるかもしれないが、そうなれば連絡し合っていた相手の一人として青柳君にも捜査の手が及ぶ可能性があります」

小檜山が少し心配そうな表情でこちらを見た。肚を括《くく》れと自分に言い聞かせて、なるべく落ち着いた声をつくって答える。

「それは構いません。逆に、そうなってくれたほうが警察の手の内がわかるかもしれませんから」

「警察は手の内なんて見せないよ。捜査対象者から訊き出すだけ訊き出して、あとは捜査中だから話せないと言うだけだ。お決まりのパターンです」

こんっ、とパイプを灰皿に打ちつける乾いた音が土蔵に響いた。

吉川みのりから電話で連絡がきたのは翌日の午後だった。スマホの通信記録は全て警察に調べられる、迷惑がかかるといけないからと、いまどき稀少《きしょう》な公衆電話からかけてきたらしい。

待ち合わせたのは夜で、ＪＲ御茶《おちゃ》ノ水《みず》駅に近い喫茶店だった。流太が店へ着くと、彼女は神田《かんだ》川《がわ》を見おろす窓際の席でじっと何事かを考えていた。

「大丈夫？」

こちらに向けた顔はすっかりやつれていて、肌から化粧が浮き上がっているように見えた。この間会ったときとは別人のようだ。向かいの席に腰をおろしてブレンドコーヒーを頼んだ。

「ごめんね、大変なことに巻き込んじゃって」

「気にしなくていい。それよりどうしてこんなことに」

はっと気づいて周囲を見回し、声をひそめたみのりが言う。

「どうしてわたしが疑われているか話すね。疑われるのも仕方がないの、あの夜彼の部屋へ行ったんだから」

「発見される前の夜ってこと？」

こくりとうなずく。張り込みしていたあの夜、流太はみのりを目撃していなかったが、時間を聞いて納得した。夜の十二時前だったというから、現場を離れた直後だ。

「メモをとってもいいかな。書いとかないとすぐ忘れるから」

彼女は一瞬いぶかしげな表情を浮かべたが、もう一度うなずいた。

「浮気を疑うようになってからのことなんだけど、時々わざと遅い時刻に連絡しないで急に部屋へ行くことがあった。自分でも嫌なことしてるなって思うけど」

「相手の女性がいる現場に遭遇できるかもしれないから？」

「うん。中途半端に疑いを持ちつづけているより、そういう場面に遭うほうがいっそすっきりすると思って」

意外な気がした。彼女がそのような思いきった行動に出るタイプだとは思ってもみなかった。彼女が成長したのか、それとも自分があの頃そういう一面も持つ女性だと見抜けなかっただけなのか。

「合鍵を持ってるから彼が不在でも部屋には入れた。幸か不幸か、そういう場面に出くわしたことは一度もなかったんだけど」

「それでその夜、何があったんだい」

「あの日も口論になったの。最近は会うといつもそんなふうになるから二人ともうんざりしてる感じで。彼は彼で、いつまで自分を疑うつもりだって言って」

いつものようにみのりが浮気を疑い、彼が言い掛かりだと主張して水掛け論になった。そして帰ると告げた彼女に対して、彼は無理やりキスしようとしてきた。

「きっと抱きしめてキスでもすればこの喧嘩《けんか》もうやむやになるって、そう考えたんだと思う」

流太は内心うなずいた。追い詰められた男によくありがちな思考と行動だからだ。

「あの日はわたし本当に怒ってたから、反射的に振り払ったの。そしたら彼は、お酒を飲んでちょっと酔ってたみたいで転んだ。そしたら後ろ向きに倒れて……床に置いてあったステレオのスピーカーに頭をぶつけて」

みのりは両手で顔を包み込んだ。そのときの場面を思い出したのだろう。

彼は昏倒《こんとう》した。その時点ではまだ息があったのか、それとも即死だったのかは確かめていないのでわからない。というのも、すっかり気が動転した彼女は慌てて彼の部屋を飛び出してしまったからだ。

頭の中がまっ白なまま駅への道を急ぐ途中、一度だけ（やっぱりもう一度部屋に戻るべきかもしれない）という考えが頭をよぎったけれど、もし本当に死んでいたらと想像するだけで恐ろしすぎて、とても引き返す勇気が出なかった。

「警察の人は、もしわたしのしたことが原因で亡くなった場合は過失致死罪にあたると言ってた」

「聞いたことはある。意図的に人を殺したんじゃない場合の罪だよね。みのりは彼を殺そうとしたわけじゃないんだし」

「もちろんそうだけど、けど、結果的に死なせてしまったのはわたしかもしれない。少なくともあのとき部屋に引き返してれば、こんなことには」

そして遺体が発見された翌日の夜、みのりの部屋を警察官が訪ねてきた。彼女はどこかでそれを予感していた。というのも翌日朝、彼にラインやメールで連絡を入れたのに返信がなかったからだ。

「警察の人は、これは任意の事情聴取だから拒否することもできるって言ってた。ただし正当な理由なく拒否する場合は、いざ裁判になったとき非常に不利に働きますよとも言われたの。すごく怖かったからもちろん取り調べに応じたけど」

そう語るみのりの顔は、頬がこけて目の下にくまができていた。自分の紅茶にも水にも口をつけず、じっとテーブルの一点を見つめている。

コーヒーに口をつけるとすっかりぬるくなっていた。無実の証拠を探そうとしていることを言うべきかどうか流太が迷っていると、みのりが思い出したように言った。

「わたしのせいかもしれないと思ったから、どうして逮捕しないんですかって尋ねてみたの。そうしたら刑事さんが、一つ不審な点があるって」

「どんな？」

みのりはいったん窓の外へ目をやった。オレンジ色のラインの電車が走っていく。彼女は視線を戻すと、そのときのことを思い出すように言った。

「部屋で口論の末に倒れて頭をぶつけたとして、あなたの供述通りならば被害者の死因は頭部打撲による頭蓋骨の骨折か、命に関わるほど重傷の脳挫傷だったはずなんですって」

彼女は真剣そのものの表情で、しっかりと流太の目を見ながら言った。意味がよくわからなかったので話のつづきを待った。彼女はカップを持ち上げたが、そのままテーブルに戻した。

「ほら、人が亡くなった原因を警察で調べるじゃない」

「検視？」

「うん。それによると彼の死因は窒息死だったそうなの」

警察の検視で死因が窒息死と鑑定されたのだという。頭を強く打った場合でも、食べたものが逆流して喉や気管に詰まって窒息死するケースもあるそうだが、彼の場合はそうではなかった。

みのりが語る現場の状況と死因とが一致せず、この矛盾を警察はどう判断すべきなのか迷っているのかもしれない。それが現時点でのみのりの推測だ。

こうしてリアルな話を聞かされると、無実を証明するために素人なりにいろいろ頑張ってみるつもりだなんて、とても伝えられなかった。

†

「単純な過失致死罪だとすれば、最も軽い場合は五十万円以下の罰金だ」

小檜山が顎をもみながら呟いた。流太は驚いた。

「え？　人が死んだのに罰金だけなんですか」

「業務上とか、何か他の犯罪と絡んだ過失致死罪の場合は一気に刑罰は重くなる。しかし本当の過失で人が亡くなった場合、それだけですよ」

「警察ではみのりちゃんの話と死因の関係、どう考えてるんだろうな」

「解剖結果が間違っているか、それとも彼女の話が嘘なのか、どちらかだと考えてるんじゃないでしょうか。あるいは他にも考えられる可能性がないかどうか」

二人の問答を聞きながら流太は迷っていた。みのりの話が本当だとしたら――もちろん本当だと信じてはいるが――殺人事件というより事故になるわけだから、自分ができることはほとんどないようにも思える。ましてや重要参考人の供述と、遺体を解剖して得た死因との間の矛盾なんて、とてもじゃないが素人が口を差し挟む余地などない。

「そんなことはないぞ」

不意に峠が言った。

「流太の心の声の音声化、自分が想像してる以上に深刻化してるな。病院に行かないとだめなレベルかもしれん。それは措いといて、現場百遍という言葉は知ってるか。ヒントは現場に落ちてるんだ。お前が部屋の中でうじうじ考えてたってしょうがないんだから、まず現場へ足を運べ。このままだと本当にみのりちゃんは犯人になっちまうかもしれんぞ」

「でも彼女の話が本当ならそれは事実だから仕方ないじゃないですか。いまさら俺にできることなんてありますか」

「だから現場へ行けと言ってる。そこには何かが落ちてるかもしれないし、何も落ちてないかもしれない。後者だった場合でも、何も落ちていなかった事実を確かめたことにはなる。確かに今回の目的はみのりちゃんの無実を証明することにある。でもな、〈大事なことは、どこかを目指していくことであって、目的地に到着することではない〉という言葉もある」

わかりましたと答えて流太は立ち上がった。みのりが無実である可能性を最後の最後まで信じて、とにかくがむしゃらに行動するだけ。その通りだ。

すでに夜の八時を回っていた。部屋へ戻って厚い防寒着をはおり、お茶を入れたポットを持って駅へ向かった。


いつもの張り込み場所に着いてマンションを見た。

みのりの恋人の部屋の玄関を中心に規制線が張られていてものものしい雰囲気はあるが、夜だからか見張りの警察官の姿は見えなかった。自分にできるのはとりあえず張り込みだ、そう考えて目に力を込めながら考えた。

　こんな事件が起きたとき、同じフロアや隣室の住人たちはいったいどんな気持ちでいるものだろう。殺人事件、いや過失致死事件が発生して捜査員の人たちが頻繁に出入りして、そして事件が起きた部屋のすぐそばで夜を迎える気分――。

　想像もつかなかった。これまで人の出入りを観察していた限りでは、どうやらここは単身者向けのマンションらしかった。見かけたのはほとんどが二十代から三十代半ばくらいの住人ばかりだ。

　男女を問わず相当怖い思いをしているのではないか。時間が経てばやがて事故物件と呼ばれる部屋になるのかもしれないが、いまは事件が起きてまだほんの数日。生々し過ぎる。引っ越そうにも転居先を探さなければいけないし、何より費用がかかる。すぐに出られる人は多くないはずだ。もし自分だったらと考えただけでぞっとする。

　ポットのお茶を飲む。十時半だ。もう遅い。今夜はここまで誰の姿も見かけていないが仕方ない。

　初めから収穫にはさほど期待していないし、なかば諦めているから気が楽だ。友人のために頑張っている自分に酔っているのかもしれないが、何もせずにみのりが有罪になるのを待つのはいつか後悔しそうで嫌だった。

　と、外廊下を左から歩いてくる人影があった。

　髪の長い女だった。現場となった部屋の前を、早足で俯《うつむ》きがちに通り過ぎていく。隣の部屋へ鍵を開けて入っていく。女性にしてはずいぶん遅い帰りだなと思ったとき、部屋の明かりがついていることに気づいた。

女性が戻る前から部屋に誰かがいた？

結局見かけたのはその女一人だった。帰りに駅へ向かう間中、ぼんやりした違和感というか、もやもやした何かが胸にわだかまっていた。しかし何がおかしいのかが判然としない。

混雑する終電に乗ってハウスへ向かう途中、唐突に気がついた。

スマホを取り出して、前回の張り込みの際にメモした内容を呼び出す。

〈九時十分……若い男、右隣の部屋の鍵を開けて中へ入る。部屋の明かりつく。

九時二十三分……若い女性、左隣の部屋の鍵を開けて入る。部屋の明かりつく〉

この間の張り込みのときは、みのりの恋人の部屋の右隣には若い男が住んでいるのだとばかり思っていたが、今夜は若い女が入っていった。二人とも自分で鍵を開けていた。

何か変だろうか。いや、変ではない。二人は恋人どうしで合鍵を持ち合って出入りしていることは考えられる。または同棲《どうせい》しているのかもしれない。

次は両隣の住人に話を聞いてみようと思った。


翌日の夜、流太は現場となったマンションの前にいた。

ガラス越しにホールを入口に向かって歩いてくる女性が見えた。手にゴミ袋を持っている。ゴミ出しだとあたりをつけてエントランスの横で待った。小走りで玄関から出たのを見届けて、閉まりかけた自動ドアから中へ入った。小檜山に教わった方法だ。

ポストで部屋の住人の名前を憶え、エレベーターで三階へ上がる。張られていた規制線は消えていた。

現場となった部屋を通り過ぎ、右隣の部屋のインターフォンを押す。ややあって声が返ってきた。

「どなたですか」

「柿田《かきた》さんのお宅でしょうか？　捜査関係のものですが」

「またですか？　この間もお話ししたように、わたしは何も知りませんけど」

やはり警察は事情を訊きにきたようだ。ドアの向こうでぱたぱたとスリッパの音が聞こえ、チェーンを付けたままのドアが薄く開く。

「警察手帳を見せてもらえますか」

なるべく愛想よく、用意していた嘘を告げた。

「捜査は捜査でも、私立探偵なんです」

「えっ、探偵さん？」

「はい。隣で亡くなった南裕也さんの恋人である女性から、個人的に依頼を受けていまして」

「彼の恋人……」

彼女の顔に動揺にも似た表情が浮かんだ。

「でも、確かその人が犯人じゃなかったですか」

「まだ犯人と決まったわけじゃなくて、ただの重要参考人です。今回の件について何か重大なことを知っている可能性が高いので事情を訊かれているというだけです。柿田さんも警察に何度か事情を訊かれていると思いますが、私にも教えてもらえませんか。事件が起きた当夜、柿田さんは部屋にいらっしゃいましたか」

「ええ。でも警察にも話しましたけど、亡くなった時間頃に一度だけ大きな音を聞きました。人が倒れたような。でもそれだけで、ヘッドホンをつけてユーチューブを見てたのであとのことは本当に何も知らないんです」

小さな違和感があった。何かがしっくりこない。彼女の話について考える振りをして、通り過ぎようとするその違和感を必死につなぎ止めようとした。

俺はいま何をおかしいと感じた？

はっとした。そう、呼び方だ。彼女は南裕也のことを南さんではなくて、彼と呼んだ。

「柿田さんは隣の南さんとはお知り合いなんですか」

「これも警察に話しましたけど、南さんとは隣どうしですから玄関で顔を合わせたときに会釈ぐらいはしました。でもその程度です」

今度は南さんに変わっていた。勘で言ってみた。

「間違ってたらすみませんけど、もしかすると柿田さんと南さんは会話する程度には仲が良かったのでは？」

「ひと言ふた言話したことぐらいはあるかもしれませんけどあまり憶えていません」

棒読みの台詞のようで、今度ははっきりと眼《め》が泳いだ。どこか怯えに近い色も浮かんでいる。

警察官に対しても彼と呼んだのだろうかと考えた。それとも警察のときは身構えて注意していたものが、突然探偵と名乗る男が訪ねてきたためついいつもの口調が出てしまったのか。

「警察から、南さんの死因については聞きましたか」

「いえ何も」

みのりから聞いた頭部の打撲と死因との間の不審点について、ここで暴露すべきかどうか迷った。

「ところで犯行時刻前後に、柿田さんの部屋に男性が入っていくのを見たという目撃証言があるんですけど、それは事実でしょうか」

彼女の顔に戸惑いの色が浮かんだ。騙したことにはならないだろう、目撃者は流太自身なのだから。

「柿田さんの恋人ですか。それともご兄弟とか？」

「以前付き合っていた人です。別れてからもう一年ほどになりますけど、彼が勝手に合鍵を作ってたみたいで困ってるんです。わたしがいるときはチェーンを掛けて部屋へ入れないようにしますけど、不在のときに勝手に入ったりしてるみたいで」

「完璧にストーカーじゃないですか。管理会社に言って鍵を交換してもらったほうがいいですよ」

「鍵の交換にはきちんとした理由が必要になるんですけど、昔の恋人が勝手に合鍵をつくったからなんて恥ずかしくて言えなくて。セキュリティ的にもまずいっていう話になるんじゃないかと思うと」

「だからってそのままじゃ危険ですよ。こういうことが原因で事件に……」

流太は途中で言葉を止めた。彼女が泣き出したからだ。

「わたし、もうどうしたらいいのかわからなくて」

玄関先で女性を泣かせる悪いやつになったようで落ち着かない。そろそろ潮時だと思い、礼を言ったとき彼女が言った。

「みっともないところを見せてごめんなさい。警察の人は何も教えてくれないし、なんだか不安で不安で。もし何かわかったら教えてくれませんか」

嘘をついて、しかも迷惑かけていることもあって流太は、新しいことがわかったら教えにきますと告げてドアを閉めた。

そのまま帰ろうかとも考えたが、せっかくだからだめ元で現場の左隣のインターフォンを押してみた。部屋の中に明かりがないところを見ると、まだ帰宅していないのかもしれない。

収穫らしい収穫はなかったが、またここに来てみようと決めた。たとえ無駄足になったとしても、みのりのために精一杯やっているという小さな充実感がある。それに見ず知らずの他人から、プライベートな話を訊き出せるのは意外に面白い。

部屋に戻った流太がスマホをいじっていると、小檜山が訪ねてきた。

「その後どうだい。何か手掛かりは見つかったかな」

「まだです。でも、隣の部屋の女性に話を聞くことはできました」

「ほう、それは素晴らしい。僕も鉄之介さんたちとあれこれやってきて何度も経験はしてるけど、一般の人から話を訊き出すのは思っているほど簡単なことじゃないからね」

柿田との話を要約して伝えた。

「ふむ、確かに少々におう気はする。顔を合わせる程度の隣人を彼と呼ぶというのは。それに元カレとのトラブルもありか」

小檜山は肩で壁にもたれかかって何事か考えている。部屋着なのでさすがに帽子はかぶっていないが、手に持っているパイプをしきりに指でいじっている。

「まずは前提条件を変えて推理してみよう。被害者とその女性は知り合い、しかもある程度仲が良かったと仮定する。だとした場合、青柳君にその事実を隠そうとするのはなぜだろうか」

「最初に俺が重要参考人の女性から依頼を受けたと名乗ったときも、彼女はかなり驚いてました。もし知り合いであることがばれたら、いまよりもっと頻繁に根掘り葉掘り訊かれることになる。だから彼女なりに自己防衛しようとした。これ以上事件と関わりたくないと思ったのかもしれません」

彼はパイプの吸い口を流太に向けてこう言った。

「だが、そのわりにはけっこう質問には答えてくれたんだろう？　関わりたくないんだとしたら、ましてや警察じゃなくて探偵と名乗る胡散臭い男に対しては、にべもなく断りそうなものじゃないか」

なるほど。部屋着のスウェット姿にパイプは全然似合っていないが、さすがに指摘は鋭い。

「言われてみればたしかにそうですね。元カレの合鍵の話なんかは、逆に向こうから話しだしたくらいですし」

「警察が死因に疑問を持ってるらしいという話はしたのかい」

「いや、そこまでは。途中からストーカーの話になったんで」

小檜山はそこで初めてパイプに火をつけて言った。

「諦めずに足を運んでいると何か収穫があるかもしれない。情報はなるべく小出しにするんだ。この探偵と話せば事件のことを教えてもらえるかもしれない、そういう期待感を煽るんだ。何かしら事件に関わっているのだとしたら、もっといろいろ知りたがってるはずだ」

「わかりました。明日も行くつもりなのでやってみます」

「頑張れよ、ニセ探偵」

にやりと笑うと煙と甘い香りを残して出ていった。

翌日の夜七時、今度は左隣の部屋を訪ねてみた。玄関脇の窓から明かりが洩れていたからだ。出てきたのは若い女性だった。どこか薄暗い印象があるのは廊下の照明のせいだけではないだろう。

捜査関係のものですがと曖昧に自己紹介した。そうでもしなければインターフォン越しにあっさり断られて終わりだと思った。ドアが開いたが、柿田と同じくチェーンはかかったままである。

「今度は何ですか」

やはり警察はここにも事情を訊きにきたようだ。先日と同じ作り話をして彼女の名前を訊き出し、よければ事情を訊きたいと告げた。柴崎《しばさき》と名乗った彼女はあからさまに顔をしかめた。

「もう、ほっといてもらうわけにはいかないんでしょうか。ほんと迷惑してるんですから。想像してみてくださいよ、わたし、殺人事件が起きた部屋の隣に住んでるんですよ？　もう怖くて怖くて、いま真剣に引っ越し先を探してるくらいなんです。こういう場合に引っ越し費用が出るのかどうか知りませんけど、まじでもう無理」

柿田という女性とはずいぶん違う対応だなと思った。向こうは事件に多少なりとも関心がありそうだったのに、目の前の女性は本心から関わりたくないと思っているのがひしひしと伝わってくる。

もしかすると、こちらのほうが事件に巻き込まれた一般人の偽らざる感情と態度なのかもしれない。

「事件が起きた夜のことを……」

「だから前にも言った通り、あの夜は旅行に行っていて部屋にはいなかったんです。だからその夜のことも翌日のことも一切何もわかりません。あの、ほんとにもうこれでいいですか？」

ドアを閉めようとしたので、最後に一つだけ、と流太は頼んだ。

「柴崎さんは被害者の方とは顔見知りでしたか」

「顔を見たことはありますけど、挨拶なんてしたことないです。いまどきこんな単身者用マンションに住む人で、挨拶し合うなんていうことがあるとは思えませんけど。名前だってこんな大騒ぎになって初めて南さんって知ったくらいで」

もう同じことを何度も何度も、そう言いながらドアはかちりと閉められた。ほとんど話は聞けなかったが、あながち無駄でもなかった。

やはりいまの柴崎という女性の対応が自然なのか。普通に考えれば人が亡くなった事件、あるいは事故に積極的に関わりを持ちたい者などいないはずだ。

やはり柿田という女には何かいわくがありそうに思えた。ただ、そのいわくまでたどりつく術がわからない。出たとこ勝負で再訪してみることにした。

右隣の部屋へ行くと、こちらも玄関脇の明かりがついていた。きっと部屋にいるはずだ。インターフォンで名前を告げると、おずおずと彼女がドアから顔を出した。開かれたドアの幅は前より広くなっている気がする。

「昨日はありがとうございました。その後、捜査関係者は来ましたか」

「いえ、あれ以来。今日はどんなご用件ですか」

「ちょっと新事実を摑んだので、それをお知らせがてら話を聞けないかなと思ったもので」

以前にも増して落ち着かないようすだった。おどおどして疑り深そうな顔だ。

「実はこれ、表には出てない話なんですけど」

わざと声を潜めて言ってみる。

「被害者の死因に不審な点があるというんですよ」

「死因に？」

「私の依頼人、つまり重要参考人として事情聴取されてる女性がとった行動と死因とが一致しないんです。依頼人は南さんを突き飛ばして、そのせいで転倒した際に頭部を強く打って気絶した。依頼人は怖くなってすぐにその場から立ち去ったと供述しています。もしそれで亡くなったのなら頭や脳に強いダメージを受けて死亡したはずですが、警察で調べてみたところ南さんの死因は窒息死だったそうです」

彼女の顔が、すうっと青ざめた。

「そういうこともあって、ほぼ犯人に間違いないとは考えているものの、警察は容疑者ではなく重要参考人として取り調べているようです」

「そう、ですか」

流太はうなずいた。彼女は真剣な表情で何かを考えている。

「その女の人が嘘をついてるんじゃないでしょうか」

呼吸が止まりそうになるほど驚いた。彼女の言葉があまりにさり気なかったので、一瞬それが事実ではないかと思ったほどだ。

流太が考えもしない言葉だった。言われてみれば、みのりが嘘をついていると考えれば、事件は簡単に解決しそうに思える。死因という証拠は動かしようがない。だとすれば、その供述のほうに嘘が隠れているというわけである。筋は通っている。

「なるほど、確かにそれは一理あるかもしれません。依頼人本人が、警察だけでなく私にも嘘をついている可能性か」

もちろんそんなことはこれっぽちも考えていない。みのりの話が真実か嘘かという部分は初めから流太には不要なのだ。彼女を信じているからこそ、プライベートの時間をこれだけ使って探偵活動にあてているのだから。

「となると依頼人は、頭をぶつけた恋人を置き去りにして逃げたわけではないと。だとしたら何をしたんでしょうね」

「さあ。でも、気絶している相手に何かをしたんじゃないでしょうか。想像もつきませんけど」

「女が男を窒息させるにはどんなやり方があるでしょう。でもいくら気を失っているとはいえ相手は男だ、途中で意識が戻るかもしれない。それを考えるとけっこう怖いんじゃないかという気もしますが」

彼女はすっかり下を向いてしまい、か細い声で言った。

「わたしにはわかりません」

やはりこの女は何かを知っていると感じた。しかし勘だけではどうにもならない。この手詰まり感を打開するために何をすればいいのか、そこがわからない。

廊下を向こうから歩いてくる足音がした。振り向くと、流太と同じ年恰好の男が歩いてくる。と、突然彼女がドアを閉めた。がちゃんという音が廊下に響いた。

男は近づいてくると唐突に、あんただれ？　と言った。彼女にしたのと同じ説明をすると、男はじろじろと流太を眺め回した。

「あなたは？」

「どうしてそんなことをあんたに教える必要があるんだ」

こいつが勝手に合鍵を作った元カレだなと推察した。かなり好戦的な人物らしい。男は流太に背を向けるとインターフォンを押す。

「おいアイ、いるのはわかってるんだから開けてくれ。開けないいんだったら合鍵で開けちゃうよ」

しつこく何度も何度も押すうちにドアが開き、彼女がしょうがないという感じでチェーンを外して男を中へ入れた。ドアが閉まる直前、男がなぜか勝ち誇ったようすで言い捨てる。

「こいつは何も関係ねえんだ、さあ帰れ帰れ」

これ以上粘る理由もなかった。流太はエレベーターに向かいながら考えた。この間彼女から聞いた話とは少し違っていた。無断で合鍵を作られ、ストーカーまがいの行為をくり返されて困っている。彼女は確かそう言って泣いたはずだ。

どういうことだろう？　あの話をした後で彼女と男はよりを戻したのか？　それとも昨日は彼女が嘘をついていた？

嘘で本当に泣けるものだろうか。女は泣けるのかもしれない。頭の中が疑問符だらけになっていた。糸がこんがらがってきて、このままひとりで考えていたら脳みそが爆発してしまいそうだ。

やっぱりみんなに相談してみるしかないな。駅に着く頃にはいつもと同じ結論になっていた。

†

夜の十時を回っていたが食堂には峠と小檜山、そして小夜が集まってくれた。メールで連絡を入れておいたのだ。辻は例によって地方出張だという。

ここまで起きたことと発言を、流太はメモを見ながらなるべく正確に伝えた。

「その若い女と男が何か知ってるな」

腕組みして峠が言った。

「そんなこと誰だってわかるでしょ、ここまでの話を聞いてれば」

小夜がみんなの気持ちを代弁する。流太だって怪しいとは思っているものの、この先どうすればいいのかがわからないから意見を聞こうと考えたのだ。

「右隣の部屋の女と、やってきた男の発言をもう一回聞かせてくれ」

「最初の訪問のとき、俺が被害者の恋人から依頼を受けたと言ったら、〈彼の恋人〉と言いました。動揺している感じ。被害者と知り合いかと尋ねたら、〈顔を合わせれば会釈ぐらいはした〉と言いました。さらに突っ込んで、被害者と会話する程度の仲だったのではと訊くと〈話したことぐらいはあるかもしれないが憶えてない〉と答えて、そこから元カレの合鍵の話に」

「うーむ、怪しい」

峠がまた言わずもがなのことを言う。小夜はやれやれといった感じで首を振る。小檜山が促す。

「次は二回目の訪問のときのことを。左隣の女の言葉も」

ざっと話した。基本は聞き込みへの不満と愚痴だけで、ほとんど得るものはなかったと流太は言った。

「唯一収穫があるとしたら、これが普通の反応だろうなと思ったことくらいですね」

「左隣の女の普通の反応を知ったことで、右隣の女の普通じゃない反応に気がついたというわけか」

「そんな感じです。左隣の女性は、被害者の名前も事件後に初めて知ったと言ってましたから」

「確かにいまどきのマンション暮らしならそんなところだろう」

「そして二回目、今夜のこと……」

「ちょっと待って。一回目の別れ際、女がなんて言ったのかできるだけ正確に教えて」

小夜が遮った。

「〈事件について警察は何も教えてくれなくて凄く不安。だから何かわかったら教えてほしい〉。一言一句正確じゃないかもしれませんけど、内容としてはこんな感じでした」

メモを読み上げてから顔をあげると、小夜は真剣な表情で虚空の一点を見つめていた。

「それじゃ今夜のことを。表に出てない新しい事実と称して死因の話を伝えました。例の、みのりの行為と死因とが一致しない件です。話した途端、彼女が青ざめたように見えました。少し考えてから彼女は〈その女の人が嘘ついてるんじゃないか〉と言いました。嘘だとしたら何をしたと思うかと訊き返したら、彼女は〈気絶している相手に何かをしたんじゃないか。わたしには想像もつかないけど〉と答えました」

それから若い男が登場したときのやりとりを話した。

「ドアチェーンを外して中に入ったとき、男は〈こいつは何も関係ない。帰れ帰れ〉と捨て台詞のように言いました。ついさっきのことだからはっきりと憶えてます」

「ほほう、そのときの男の顔つきはどうでしたか？」

「勝ち誇ったような顔をしてた気がします。理由はわかりませんけど」

「柿田という女性が事件と何の関係もないなんてわかりきってることでしょう。もし二人とも事件と本当に無関係だったなら。そもそも何もやってないはずの女に関して、あえて男が何も関係ないと告げる必要なんて全然ないもの。だからその前提をひっくり返して考えてみましょうよ」

小夜は両手で丸いボールをひっくり返すような仕草をした。

「女も男も事件と何かしら関わりがある。事件が起きた夜、流太君は現場を張り込んでいた。そして事件が起きる前後に、右隣の部屋に男と女が入っていった。だよね？」

「そうです」

「女は何かをした。或《あ》いは、男が何かをした。そしてそれは被害者の窒息死という死因に関わる何かである可能性がある。ここまではいいかな」

全員がうなずく。小夜は組んだ両手を見つめるようにうつむいてつづけた。

「もうひとつ気になること。なぜ彼女は、今夜その元カレを部屋へ入れたのかということ。そうしなければいけない理由ができたからじゃないか、というのがわたしの推測」

誰も何も言わなかった。流太の頭にも何も思い浮かばない。

「本当は入れたくない元カレを、それでも部屋に入れなければならない理由。それは流太君、あなただったのかもしれない」

頭が混乱した。小夜以外の全員が顔を見合わせている。

「俺のせいで彼女が元カレとよりを戻したってことですか。俺が恋のキューピッドになったとか？」

「きみはテラバイト級のバカだね」

小夜は笑いもせずに切り捨てた。

「そうじゃなくて、その女は元カレと流太君にできるだけ会話させたくなかった。そうは考えられない？　流太君が推理したように、警察が来ることを予想していた彼女は事前に被害者の呼び方に注意していたのかもしれない。ところが突然探偵もどきに訪ねてこられて、つい〈彼〉という口調が出ちゃった。これ以上思わぬところでぼろが出る危険を考えて、流太君と接触させないために元カレを中へ入れた」

「なるほど」

「論理的だ。うん、たぶんそれで当たりだな」

「俺もそう思います。でもそうはいってもいまのは推測に推測を積み重ねたもので、その元になっているのは彼女たちの発言だけだ。これじゃ状況証拠にすらなってないし、ましてや何の決め手にもならない」

「状況証拠ですらないって？　充分じゃないか」

峠が身を乗り出した。

「忘れたのか、俺たちは警官じゃない。ただの探偵だ」

「それはわかってますけど……」

「いや、わかっちゃいない。いいか、事件に関する証拠を集めて検察に起訴してもらおうってわけじゃない。だから俺たちにとって物証や証拠なんて意味がないんだよ。もっと言えば真犯人が誰であろうが構わないし、事件が解決しなくたって何の問題もない。違うか？」

いくらなんでも言い過ぎだと思った。もしも他の人間が真犯人だとわかりさえすれば、自動的にみのりは無罪放免になる。流太はしっかり口を閉じて心の中で呟いた。

「実は前々から気になっていたことがまだあるの。被害者の浮気相手の女って、いったいどこにいるのかしらね」

「でもそれは、もしかしたらみのりの疑心暗鬼かもしれないですし」

「それはないね。みのりという子は彼の部屋でバレッタを見つけたと言ったんでしょう？　浮気を思わせる物証が部屋にある場合、十中十の確率で浮気してる」

「十中八九じゃなくて？」

「そう。十」

「どうしてそう思うんですか」

「経験則」

小夜の即座の断言に、これまでの人生をかいま見た気がする。

「いいか、事件が起きたときいっとう最初に言ったように、今回の目的は事件の解決じゃない。みのりちゃんの無実を証明することさえできれば途中の過程なんて何でもいい。だとしたら決め打ちでいってみるか」

「いったい何をするつもりなの？」

峠は悪人面でにたりと笑った。

「ひと芝居打ってみようじゃねえか」


土曜日の夕刻、流太はマンションの前にいた。紅葉の盛りで、それだけに空気は冷たかった。男のくせに冷え性だから長丁場を覚悟してあちこちに使い捨てカイロを貼り付けてある。

さっき表側に回って、柿田の部屋に明かりがついていないのは確認した。まだ帰宅してないはずだ。流太は濃いグレーのコートを着ていた。暗くなったとき闇に溶け込んで顔だけ見えるようにとの意図からだった。あとは彼女が戻ってくるのを待つだけ。

陽がすっかり沈むと足元から冷気が忍びよってきたが、入口の横に並ぶ植え込みの陰でひたすら待った。帰宅してくる人物を見逃さないよう街灯に照らし出される顔を見つづけた。

七時に近づいた頃、彼女が歩いてくるのを発見した。柿田というあの女だ。ぐるぐる巻きにしたマフラーの中に寒そうに首をすくめている。十メートルほどまで近づいてきた。

流太は植え込みからゆっくりと路上に出た。うつむいていた柿田が、はっとしたように顔をあげ、立ち止まる。

流太はわざと街灯の方向へ顔を向けた。

彼女は流太の顔を見て、それから「ひっ！」と短い悲鳴をあげた。眼は極限まで大きく見開かれている。

直後、腰が抜けたのかゆっくりアスファルトにへたり込む。冷たい地面に座った彼女に向かって、一歩近づく。

何かから身を守るかのように彼女は両手を合わせてこちらに向けた。

「ご、ごめんなさい、許してください、殺すつもりなんてなかった」

流太は何も言わなかった。小夜からの指示だ。声を出せば気づかれる可能性があるし、黙っているほうが恐怖は増幅するから、と。

もう一歩、彼女へ近づいた。

「お願い、助けて、もうやめて裕也さん」

そこへ男が現われた。彼女の背後から声をかける。

「どうしたんですか？」

襟にボアのついたジャンパーを着た、むさ苦しい感じの男が彼女に声をかける。

「あ、そこにいる男の人がわたしに……」

彼女が指さす先には流太が立っている。小太りなその男は言った。

「男の人？　どこに？」

ジャンパー男は流太に近づき周囲をきょろきょろ見回してから、ごていねいに植え込みの陰まで探す仕草をした。

「俺とあなたの他は誰もいませんけど」

彼女はふたたび「ひぃっ！」と洩らすと、ぐにゃりと横に倒れた。気を失ったらしい。

彼女が目覚めたのはハウスのソファの上だった。食堂に辻を除いた全員が集まっていた。

「ここどこですか。あなたたちだれ」

タオルケットで肩までくるんだまま彼女は言った。名前は柿田亜衣《あい》、二十五歳。気絶している間に持ち物を調べたのだ。

「ほう、やっと気づいたようですね」

皆がソファを囲んだ。

「南裕也を殺したのはあんただな、柿田亜衣」

峠が感情のこもらない声で言った。柿田はタオルケットを口のところまで上げ、眼だけの状態で一人一人を見回した。そして小刻みに何度も首を横に振る。

峠が物わかりの悪いやつだとでも言いたげに、テーブルからＩＣレコーダーを持ってきて再生した。さっきの流太とのやりとりがしっかり録音されていた。

「どうしてこんな……」

「あんたがどうして幽霊なんか見たと思う？　わかってるよな、被害者があんたを恨んでるからだ」

　畳みかけるように峠が追い詰めていく。あまり時間をかけると正気に戻って状況がおかしいことに気づき、黙秘されるかもしれないからだ。

「だって、どうして」

「どうしてどうしてってうるせえな。決まってんだろ、あんたが南って男を殺したからだよ、両手で口を塞いで」

　柿田がびくりと肩を震わせた。

「違う、口を塞いでなんていない、わたしはタオルで……」

　亜衣は「あっ！」と口を押さえた。凶器を白状したことに気づいたらしい。

「柿田ちもこれ以上面倒事に巻き込まれるのは、まっぴらごめんなんだ。だからどうか自首してくんねえかな。もし嫌だっていうのなら録音したデータを」

　ＩＣレコーダーを手のひらで上下させる。

「警察宛てに匿名で送り付けてやる。もちろんあんたの名前と住所も添付しておく。その後で警察とあんたの間に何が起こるのかは、俺たち一切興味がねえ」

「本当に、本当にごめんなさい」

「それはわたしたちにでも警察にでもなく、被害者に言うべき言葉じゃないかな」

　静かに言い含めるように小夜が言った。それから柿田亜衣は声を出さずにしばらく泣いた。胸のつかえがとれて、流太は体まで軽くなった気がしていた。

†

何日か経った日の夜、珍しく全員が土蔵に集まって酒を飲んでいた。

「初めての殺人事件だったが、どうにか解決にこぎつけた。俺たちの探偵活動もこれでプロ並み、いやプロを超えたと言っても過言じゃない」

「青柳君の片想いの相手も、これで無実が証明されることでしょう」

みんな上機嫌だった。ただ一人、今回もっとも貢献したはずの小夜を除いて。というのも星野《ほしの》ナヲが闖入《ちんにゅう》してきて、初めての殺人事件を解決したと知って大興奮して詳細を聞きたがったからだ。

ナヲが嬉々《きき》として質問する。

「いま話を聞いててあたしが不思議に思ったのは、どうして流太君を見てその女の人が幽霊だって思ったのかなんだよね。被害者の人と流太君ってそんなに似てるの？」

「俺のアイディアだ」

親指で自分をさして峠が自慢げに解説する。

「流太にマスクをかぶらせたんだ、被害者の顔の。前に小夜から聞いた大学院に3Dプリンターがあるって話を思い出したのさ。扱いに詳しい小夜の友だちに頼んで、南裕也の写真から立体的なマスクを作ってもらったわけだ」

「うわっ！　凄いことしたね」

「俺が自分でかぶるから息をする穴は自分で開けたんだけど、長時間かぶっていると息が苦しくて死にそうだったよ」

「それでそれで事件の真相は？」

「そう急《せ》かすな、大団円はこれからだ」

峠が旨そうに日本酒を飲み干す。酒は宮城県にある塩竈《しおがま》神社の御神酒《おみき》である、阿部勘《あべかん》という銘柄である。最初に流太が飲ませた日本酒が気に入って、宮城県の地酒を片っ端からネットでお取り寄せしているらしい。

初めて使うという囲炉裏には勢いよく炭火が熾《お》きていて、周りには串を打った魚が刺してある。「まんが日本《にっぽん》昔ばなし」みたいだ。ここ東京だよな？

「真相はこうだ。実は被害者の浮気相手は、真犯人でもある柿田亜衣だった」

えー！　とナヲが大げさに驚いてみせると、峠は満面の笑みだ。

「隣人どうしだった二人は何かのきっかけで親しくなったようだ。どっちが誘ったかは知らんが、部屋で酒を飲むうちにそういう仲になってしまった。玄関からの出入りを見られないために、部屋の行き来はベランダを使っていたらしい」

「ベランダ越しの密会かあ、なるほど」

「みのりが不意打ちで訪ねてきても、俺が何日張り込んでも玄関から住人以外が出入りするのを目撃できなかったのも当然なんだ。浮気なんてするから、そんなこそこそした恋愛しかできなかったんだよ」

「それで？」

ナヲが先を促すと、峠がまた主導権を握ろうと口を開いた。

「事件が起きたあの夜、柿田亜衣はみのりちゃんと南が隣の部屋で揉めているのを知っていた。聞き耳を立ててたわけだ。そしてみのりちゃんが部屋を出ていく気配を察して、いつものベランダを通って南の部屋へ行った。そこには」

「そう、気を失って倒れた南がいたわけです。彼に駆け寄った柿田亜衣は必死に声をかけた。彼女なりに心配してのことでしょう。しかしそこで悲劇が起きてしまった」

突如立ち上がった小檜山は、芝居がかって両手を大きく広げた。

「意識が戻りつつあった彼は、介抱してくれているのが柿田亜衣だと気づかずにこう呟いたのです。〈……みのり、好きなのはお前だ〉」

「本心を聞いた途端、柿田亜衣は頭に血がのぼったわけね。いわゆるカッとしてというやつ。まあ同じ女だからわかる気もするけど」

小夜がつまらなそうに言うと、峠が話を引きとった。

「その口を塞ごうと、これ以上忌々しい言葉を吐かせないようにと、亜衣は咄嗟に無我夢中で横にあったタオルを南の顔に力一杯押し付けたわけだ。数十秒か、それとも数分か……ハッと我に返ってタオルを外したとき、すでに彼は息をしていなかった」

「ところが事はそれでは終わらなかったんです」

「なになに、どうしたの」

「柿田亜衣が慌ててベランダから部屋へ戻ると、そこには元カレがいたんです。びっくり仰天した彼女は、急に気分が悪くなって外の空気を吸っていたと嘘をつく。しかし後に事件を知った元カレは、その夜の彼女の行動に疑いを抱いた。つまり隣室で起きた事件に柿田亜衣も関わっているのではないかと」

「その女と元カレとが別れるきっかけになったのも、元はといえば南裕也との浮気からだっていうんだから。もうへどが出そうだよ」

小夜が本当に吐きそうな仕草で言った。黙っていた辻が初めて発言した。

「けど、その元カレってやつは彼女に出頭を促したり通報するんじゃなくて、よりを戻すためにそのネタを利用したわけですよね。最低の糞《くそ》野郎っすよ」

「ああ、とんでもねえ野郎だ。元カレからの復縁要請に応じたこと自体、柿田亜衣が殺害に関わった状況証拠と言えなくもねえが。ところが亜衣はあくまで否定して、元の関係に戻りたくなったからだとその理由を騙《かた》っていた。どっちもクズだ」

「わたし、殺人事件に関わるのは二度とごめんだな」

小夜の言葉を最後に、しばしの沈黙が降りた。

「それにしても今回の流太は嘘をつきまくったなあ。まっ赤な嘘と言うがお前の嘘はまっ赤っかだ。みのりちゃんに依頼されてもいない、そもそも私立探偵でもない、挙げ句の果てに犯人逮捕に全力で協力したはずなのに、みのりちゃんは失意で仙台に帰っちまったときた」

「え、そうなの？」

ナヲがこっちを見て笑いをこらえている。流太は俯いて酎ハイを飲んだ。大間抜けと笑ってくれ。

「さて宴もたけなわとなってまいりましたので、みのりちゃんの無実を祝って多数決といきますか」

結婚式の司会かお前は。

「また聞こえてるって」

小夜が言った。おほんと咳払いをしてから勿体《もったい》ぶって峠が言う。

「殺人事件と言えばいわずとしれた探偵活動の最高峰だ。事件を解決した人物はまさにキング・オブ・探偵といえる。そこで今回は、事件の最大の功労者を決めようじゃないか。ただし勝者に報酬はない。あるのは名誉だけだ。自薦他薦は問わん、さあキング・オブ・探偵を推挙してくれ」

どきどきしながら誰かが最初に手を挙げるのを待った。いくらなんでも自分で推薦するわけにはいかない。何しろ新入りなのだ。けれど今回に限っては、どう考えても自分以外に該当者がいるとは思えない。

小檜山がすっと挙手して言った。

「真犯人に辿り着く端緒を開いたのは逆囮捜査でしたね。そしてそれを提言したのは僕です。ここは日本のミス・マープルというべき自分を推挙するしかないでしょう」

「バカなこと言わないでよ。真犯人に白状させたきっかけは、被害者のあの顔マスクがあったからで、わたしに決まってるじゃない。乱歩風に言えば、そう、さしずめ〈擬顔の女〉かな」

小夜はいいタイトルと独りごちて、くつくつと薄暗く笑った。

「待て待て、皆の言い分はわからないでもない。だがいいか、最初に戻って考えてみてくれ。初めての殺人事件に全メンバーが尻込みする中、事件解決じゃなくみのりちゃんの無実を明かそうと高らかに宣言したのはこの俺だぞ」

かなり酔っているのか、峠が自分の胸を何度もばんばんと叩いて猛アピールする。

「率先して危機に飛び込んでいくルパンさながらの態度……名探偵は俺以外に誰がいるってんだ？」

小夜が冷ややかに言い放った。

「だからルパンは怪盗だって」

頭が痛くなってきた。それぞれが自薦するという醜い争いがくり広げられていた。そうまでしてキング・オブ・探偵の称号が欲しいのか。

参戦するしかない。

「ちょっと待ってほしいですね。木枯らし吹きすさぶなか何日も張り込みをつづけて、疑わしい人物を捜し出した主人公の存在を皆さん忘れてやしませんか？　はじまりは俺が友だちを救おうと決意したからだし、顔にマスクをつけて小芝居までして真犯人に白状させたんですよ。誰がどう見ても最大の功労者は俺だと思うんですけど」

「待て待て。お前の棒演技を前に、彼女に幽霊と信じ込ませた出色の演技力で強力にサポートしたのは、確か俺だったよな」

峠が摑みかからんばかりに流太へ詰め寄ってくる。この人の自分語りにはもううんざりだ。場を鎮めようとしたのか、辻が申し訳なさそうに口を挟んだ。

「自分は今回は参加してませんから、さすがに自分というわけにはいきません」

峠が黒板にそれぞれの主張を書いた。案の定各自が自分を推挙するという、収拾のつかない事態に陥っていた。

「おかしいな、これまでこんなことは一度もなかったんだが……ん？　辻とナヲは手を挙げたか」

二人が揃って首を横に振る。

「さすがにこの状況で誰か一人に入れると他の人に自分が恨まれそうだから、今回は棄権ってことでお願いします」

「あたしも荷が重いんで、パス」

そんなのありか？　すると小夜がこう告げた。

「ボルダルールにしようよ」

「なんだそれは」

「こんなふうに票が割れたとき、セカンドベストとして取られる方法。国際オリンピック委員会が開催地を決定するときも使われてるの」

説明を聞いて全員が納得した。用紙にそれぞれ一位三点、二位二点、三位一点で投票するのだという。言葉は難しそうだが内容は簡単で、比較的なじみのあるやり方である。

「候補が乱立するようなとき一位の人は各人で違うけど、より多くの人が二位に選んだ人が点数で上位にくることになる。つまり、一等賞ではないけれども万人に広く支持された人が選ばれるという仕組みね。これなら辻さんたちも参加できるでしょ」

早速投票用紙が配られ、集計後即座に開票が行われた。発案者の小夜が黒板に書き込んでいく。

流太　十五点
小檜山　十点
小夜　八点
峠　　三点

エアポケットのような静寂が部屋を覆う中、小夜がこらえ切れずにぷぷっと噴き出す。

「峠さん、自分の三点だけって」

一転して部屋中が爆笑に包まれた。

「新入りの流太君がキング・オブ・探偵なんてすごいね。これを機会に友だちになってあげてもいいよ。名探偵さん」

ナヲの言葉に、いままでは友だちですらなかったのかと愕然《がくぜん》とした。最初はお友だちから、という言葉もあるからまずはよしとするか。

「うん、多数決ってのはあれだな、一見民主的な手続きのようにも思えるが、よくよく考えてみれば、つねに少数意見の無視を伴う危険がつきまとうわけだよな。そう、まさにこの結果がそうだ、これはもう多数決の横暴としかいえん。それにしても初代キング・オブ・探偵が新入りの流太とは。あいつの信奉する名探偵は、確か……」

囲炉裏で炙《あぶ》ったするめを肴《さかな》にぐい飲みをあおりながら、ぶつぶつ愚痴をこぼす峠に耳を貸す者はひとりもおらず、宴は夜更けまでつづいた。

第五話
集団失踪事件

朝寝坊した流太は急いで身じたくして、バッグを持って玄関を飛び出した。時間がないというのについ癖で郵便受けを開けてしまう。三通ほどあったなかの一通は〈シュアハウス銀杏坂〉宛てだった。

宛名がおかしい。一文字一文字、何かから文字を切り抜いて貼りつけている。

「バカ、急げ！」

郵便受けにそのまま戻して門から出ると冷たい北風が吹きつけた。すっかり葉を落とした冬枯れの並木道を、流太は早足で駅に向かった。

夜帰ると、明かりのついた玄関口に猫が眠っていた。ヌシだ。玄関を開けようとすると、立ち上がって流太の足に首をこすりつけてくる。かわいかったので撫でてやろうとすると、逃げて庭のほうへ歩いていく。立ち止まってこちらを振り返る。

「ん、どうした？」

流太が近づきヌシが逃げる、ということをくり返していたら土蔵まで来ていた。ニャオと鳴くと戸が開いて、中から辻が出てきた。

「ご苦労さん、ヌシ。流太君も入ってくれ、緊急会議だ」

炉端には男性陣が全員集合していた。峠がなぜかうれしそうに言った。

「脅迫状が届いた。差出人の名前はないが消印は麹町《こうじまち》郵便局だ。麹町だぞ麹町、都心中の都心から三多摩《さんたま》に住む俺たちへの挑戦状だ」

「脅迫状なのか挑戦状なのか、どっちなんですか」

流太が訊くと、峠はにたりと笑う。

「俺たちの探偵活動に対する挑戦状だ。〈貴公らが日頃から行っている探偵行為を即刻中止せよ。これは警告ではない。命令である。命令に背いた場合には探偵行為を行っているメンバーに災いが降り掛かるであろう〉。な、ぞくぞくしてくるじゃないか」

「いやあ、僕たちの知名度もここまで上がってきたんだと思うと感慨もひとしおです」

小檜山も喜色満面である。災いという言葉が気にならないのだろうか。

「差出人は明らかに脅迫状として出してますよね、これ」

「そんなことはどっちだっていい。とにかくこの挑戦状が俺たちの探偵魂に火をつけた」

「その通り！　僕らを脅迫したことを後悔させてやりましょう」

峠と小檜山は色めき立っているが、辻は冷静な口調で言った。

「でも自分らは看板掲げてやってるわけでもないし、プロの探偵だというわけでもないじゃない。なのに、この手紙の主はどうやって活動を知ったんでしょう」

「評判が評判を呼んで相手の耳に届いたに決まってるだろ」

峠がぱんぱんと手紙を叩く。どうもその説には同意しかねる。

「相手は俺たちの探偵活動に関してある程度情報を摑んでるという前提で、さて最初の一手はどうするよ」

「僕の考えでは、消印だけで筆跡も残されていないのでは差出人を割り出すのは難しいように思いますが」

「小檜山、怖《お》じ気《け》づいたか」

「ご冗談を。身に危険が迫る日々、最高じゃないですか」

「辻と流太はどうする。抜けると言うなら引き止めんぞ。今回に限っては参加を無理強いするつもりはない」

「自分は参加しても構いません。空手やってましたから、襲撃されたとしても自分の身だけは守れるんで。ただ怖いのは、他の人に危害が加えられる恐れがあることです。特に女性の小夜さんとか」

残るは流太ひとりとなった。

「その前に疑問があるんですけど、例えばここで俺だけが抜けたとしても俺だけ安全ってことにはならないですよね？　だって毎日誰かが、このハウス全体を監視してるという訳でもないんでしょうし」

「それは俺も考えた。探偵活動を続行したとしても止めたとしても、いつ誰がどこでそれを確認するんだってな。もう一つの疑問は、こんな挑戦状を送り付けてきた相手の意図がどこにあるのかってことだ」

うーん、と全員が首をひねっていると、戸が開いて小夜が入ってきた。今日も白衣姿である。

何という色なのかわからないが、肌色みたいでフェミニンな雰囲気だった。

「どうしたの、みんなで考え込んじゃって」

実はな、と峠がここまでのいきさつをざっと説明する。

「なんだそんなこと。相手が言う通り探偵をやめればいいだけの話じゃない」

「小夜がそんなにやる気のない女だとは思いもしなかったぞ。がっかりだ」

「あのね、わたしの目の下をよーく見てみて」

みんなでじっと見つめた。

「このくま、もうずっと長いこと取れないの。大学に行くときはすっぴんだったのに、ここ半年ぐらい薄くメイクして隠すようになっちゃった。それほど疲労困憊《ひろうこんぱい》してるんだ。ラボに泊まり込むのはあたり前、徹夜なんてごく普通で、合間を縫って研究論文だって書かなきゃいけない。そもそもいまの大学だっていつまで働いていられるのか、自分の先行きだって不透明なんだよ」

彼女はみんなを見回してつづけた。

「正直、疲れちゃった。わたし自身そろそろもう限界かなって感じてるんだ。はじめた頃はすごく楽しかったよ、本当に。けど、いまのわたしにはこれ以上つづけられそうにない」

「小夜、そんな淋しいこと言わないでくれよ」

「将来のことを考えると不安になってきて、居ても立ってもいられなくなることがあるんだ。最悪、実家に戻らざるを得なくなるかもしれない」

「よしわかった、今回は初めに多数決を採ろうじゃねえか」

「気持ちはわかるんですが、今回は多数決を採るっていう雰囲気とか内容じゃない気がします」

珍しく辻が異を唱えたので、流太は意外に思った。

「理由は、第一に危険を伴うってことっす。今回は幸いまだ誰にも災いは降り掛かっていない、つまり未然に防ごうと思えばまだ防げる段階です。第二に、心身が疲れ切っている人がメンバー内にいるのは危険です。自分らの仕事でもそうすけど、事に当たる場合は全員の意識が同じ方向をむいてないと危ない。気力がでない人には休んでもらったほうがいいです、個人のためにも全体のためにも」

どちらも小夜に関わる事柄で、辻の言葉は彼女への思いやりに満ちていた。やっぱり辻は小夜に気があるのかもしれない。

「言われてみれば確かにそうかもしれんな。それじゃ小夜は今回は参加しないとして、ヌシ、お前はどうする？」

ずっとソファの上で寝ていたヌシが「ニャァオゥ～」と鳴いた。

「そうか参加してくれるか、偉いぞ。流太はどうなんだ？」

俺の意思確認は猫より後かよ。

「やります。やりますけど、身に危険が及ぶかもしれないっていうのに本当に怖くないんですか？　それがすごく不安なんですけど」

「油断すれば命を落とすかもしれない状況とは何と楽しいことだろう……アルセーヌ・ルパンの言葉だ」

峠が自慢げに引用すると、小夜が気だるそうに言った。

「だから、ルパンは探偵じゃなくて泥棒」

「そんなのはどっちだっていいんだよ。話を戻せば、今回はメンバーのリスクはごく低いと見積もってる。もちろんゼロじゃないが。それより俺が気になってるのは、探活をやめることで向こうに何か利益があるのか、あるとしたらそれは何だってことだ」

「探偵活動をつづけたところで、わたしたちにメリットがあるとも思えないけど？」

ここまでネガティブな発言がつづくのは珍しいことだった。本当に気力が湧いてこないのだろう。

「それじゃ基本方針を決めるぞ。現時点ではあまりに不明な部分が多過ぎるから、まず個々に役割を振り当てて、集まった情報を基に結論を決めたほうがいいんじゃないかと思うんだ」

「具体的には誰がどんな役割を？」

「悪いが、小檜山には一番難しいところを頼みたいと考えてる。この脅迫状の差出人を探れないか？」

「ほう、それはいきなりの難問ですね。手掛かりほぼゼロ」

言葉とは裏腹にふてぶてしい笑みを浮かべている。難しいほど燃えるという顔だ。

「辻は、出張の予定は？」

「すんません、今週いっぱいは東京にいますけど、来週からまた京都の宇治《うじ》でお寺さんの修復が入ってて」

「時間が許す範囲で構わないからこの手紙を調べてみてくれないか」

「了解っす」

「俺は何をすれば？」

流太の質問を無視した峠がヌシに向かって言う。

「ヌシは留守番な、頼んだぞ。それと小夜は疲れてるみたいだから、今回はアドバイザーってことでいくか」

そして湯呑みのお茶をひと口飲み、ゆっくり間をとってから言った。

「流太には推理してもらう」

「何を推理するんですか」

「今回の事件についてに決まってるじゃないか。重要なのは犯人、犯行方法、そして動機だ。流太には最も重要な動機を任せたい」

「急に動機と言われても、まだ何一つ情報が集まってないじゃないですか。峠さんだってさっき集めた情報をまな板に載せてからって」

「探偵といえば推理、推理といえば探偵だ。だとしたらキング・オブ・探偵のお前がやることはただひとつ、推理に決まってる。そうだろ？　さあ思う存分に推理して推理して、推理しまくるんだ！」

がはははとバカ笑いする峠を見つめながら流太は確信した。

（根に持ってる……ボルダルールの多数決、この人ぜったい根に持ってるよ……）

†

数日後、小夜が怪我をした。大学からの帰り、突然脇道から飛び出してきた自転車にぶつかられたのだ。しかも自転車の男は、倒れた小夜を置き去りにして逃げたという。

「本当に危害を加えやがったなちくしょう、ふざけやがって！」

峠の怒りに火がついた。辻も憤っていた。このところ小檜山の姿は見かけない。食堂に四人が集まっている。

「そんなに怒らなくていいから。あれは意図的にぶつかったっていうより、明らかに事故だったと思うし。でもこれでしばらくスカートははけないなあ」

夜間救急病院で処置してもらったという包帯をさすりながら、小夜は意外に冷静である。転倒したときたまたまスカートだったため、膝をすりむいて血が出たらしい。

「おい流太、推理はどうした推理は。早くしないか！」

とんだとばっちりだ。

「いちおう考えてはみましたけど、やっぱり何も思いつきませんでした。だって最初から無理筋じゃないですか、手掛かり一つないのに動機を推理しろだなんて」

「手掛かりはある。手紙が。辻のほうはどうだ」

「小檜山さんに借りた道具で調べました。指紋はべたべたたくさん付いてましたが、いくつか判明したものもありました」

「指紋が採れたか、そいつはすごい」

流太も驚いた。どこから入手したのか知らないが、小檜山は指紋採取の道具一式を持っているという。以前は小檜山が採取していたが、後から入ってきた辻が担当するようになった。宮大工という仕事柄、繊細な作業が得意だという理由からだそうだ。

「ただ全部で何人分なのかは不明です。一つは自分の分、一つは鉄之介さんの分、他のどれかは犯人の可能性はありますけど、なんとも……」

「辻は着々と成果をあげつつある。それに引き換え流太ときたら言い訳ばかりで、恥ずかしくないのか」

「でも肝心なのは、その指紋が誰のものかが判明することじゃないですか？」

「だからそれはいま小檜山が、靴底を擦り減らしながら必死になって聞き込みをだな……」

峠はこの事件を本気で解決しようと考えているんだろうかと、ふと疑念が湧いた。

と、廊下の固定電話が鳴った。小夜が立ち上がりかけて「痛っ」と言ったので、流太は彼女を制して電話に出た。受話器を取ると、数秒沈黙があった。

「星野ナヲを預かっています」

低音の男の声だった。

「えーと、星野ナヲさんはここには住んでませんけど」

「とにかく、そちらの探偵活動をすぐさま中止しなさい。さもないと彼女がどうなるかわかりませんよ」

「ですから、そんなこと言われてもナヲさんは……」

ぶつりと音がして電話が切れた。食堂に戻って電話の内容を伝えた。峠の顔に苦渋の色が浮かんでいる。不可解に思っていたことを流太は訊いた。

「ナヲさんはハウスに住んでるわけじゃないのに、脅迫電話がここにかかってくるっておかしくないですか」

峠と辻が小夜を見た。小夜はというと、のんびり頰杖《ほおづえ》をついているくせに瞳で炎が燃えていた。怒りに似た感情に見えた。小夜はゆっくり立ち上がると言った。

「あのバカ。みんなは何もしなくていいから。この件はわたしがどうにかする」

右足を少し引きずるようにして出ていく。

「いったい何がどうなってるんだか……」

流太がそう呟くと峠は意外なことを告げた。

「仕方ねえ、本当のことを教えよう。実は小夜とナヲは姉妹なんだ」

びっくりしたが、言われてみれば納得できないでもなかった。顔はさほど似ていないが雰囲気にはどこか同質のものがある気がしていたからだ。

「そう言われればうなずける気もしますけど、でも、どうして俺に教えてくれなかったんですか」

「お前が入ってきたとき小夜に釘《くぎ》を刺されたんだよ。すでに知ってる人はしょうがないけど、これ以上この話は広めないでくれって」

峠は首筋をこりこりと搔いて、珍しく後ろめたそうな顔を見せた。

「二人の父親は彼女たちが小さい頃に亡くなって、しばらくしてから母親が再婚した。ちょうどその頃小夜は大学に入り家を出た。小夜は継父とそりが合わなかったが、ナヲはさして気にもしないでいまも実家で暮らしてる。好きなおばあちゃんのそばにいたいけどいられない。そのジレンマがあるから、家族のことに触れられるのを極端に嫌ってるんだよ」

「でも、どうして小夜さんがどうにかするって話になるんです？」

峠が小夜が消えたほうを見てから、声をひそめてつづけた。

「今回のことが継父の企《たくら》みと考えてるのかもしれん。今回の一件、小夜の家庭内の揉め事が引金になってる可能性はゼロじゃないと俺も思ってたんだ。だから小夜も巻き込んで、あいつの家族の問題を少しでも前進させられないかなと思って」

辻が鼻の頭を掻いて言う。

「実家のお父さんとお母さん、小夜さんを家に呼び戻したがってるんだって言ってました。おばあちゃんも一緒に住んでるらしくて、そのおばあちゃんが家に寄りつかない小夜さんに会いたがってるそうなんです」

「あいつ、そんなに家に帰ってないのか。同じ東京都内にいるくせに」

「確か二、三年帰ってないはずです。おばあちゃんもかなりの高齢だから、いつどうなるかわからないんだけどって悲しそうにしてました。でも本当に継父のことを毛嫌いしてるみたいで」

気がつくと三人全員で腕組みしていた。慌てて流太は腕を外した。やばい、俺もここの住人たちと同化してきた。

「峠さんの想像が当たっているとして、俺たちにできることなんてあります？」

当初の方針は撤回となり、今後どうすべきかも決まらずにぐずぐずの散会となった。

朝普通に起きて会社へ行って、普通に仕事をこなして帰宅して、普通に夕食をとって寝る生活がつづいた。あまりに普通過ぎて、探偵活動がいかに生き生きと張りのある日々を提供してくれていたかが逆にくっきりと意識された。

たまに峠の顔を見に行ったり、食堂で小檜山と話したりもしたが、小夜の姿はまったく見かけなくなっていた。

週末の金曜日、流太が会社の飲み会を早目に切り上げて帰ってくると、玄関に女物の靴が並んでいた。「ただいま」と言ってみると、「お帰りっ」と返事があった。食堂の引き戸からナヲの顔が覗いている。

「無事だったんだ?!」

えへへっ、と笑った表情がかわいい。改めて見ると確かに目尻が下がるところが小夜と似ている。食堂には全員揃っていて、小夜は相変わらず疲労がとれていない雰囲気だったが笑ってはいる。流太は心底ほっとした。

「大山鳴動して鼠《ねずみ》一匹、か」

峠が苦笑いで言った。小檜山も辻も笑顔だ。一体感が食堂全体を包み、じんときて目が潤んでくる。

「小夜さんがナヲさんを無事救出してきたんですか」

流太が尋ねると、小夜は首を横に振った。

「そんな大げさなものじゃないの」

「真相を聞かされてみりゃあ、まったくバカバカしい話でな、ナヲは拉致されたわけでもなけりゃ一大事が起こったわけでもない。ただいつも通り実家で暮らしていただけだっていうんだから、全く呆れるよ」

「それじゃあの電話はいったい……」

「もういいでしょう。この子の件は解決したんだから」

確かに脅迫状の前後で何ひとつ変わりはなかったことになる。けれど流太が推理するはずだった動機はどうなった？

「よーし、酒盛りでもするか！」

峠が立ち上がると、辻も一緒に冷蔵庫からアルコールを持ってくる。

「缶にいちいち所有者の名前が書いてあるが、今夜は無礼講だからいいだろ。あとで全部買ってやるから今夜は俺のおごりだ」

おぉー！　と歓声があがる。辻がありあわせで手早く肴をつくるというので、流太も手伝うことにした。冷蔵庫から食材を取り出すと辻は手慣れたようすで料理をはじめた。

出来上がった豚バラキャベツのネギ塩ダレ炒めを持っていくと、食堂はたいそう盛り上がっていた。今回の件はあえて避け、過去に解決した事件の話題が中心だった。

いつものように峠が誇張気味に自慢して、小夜と流太がそれに茶々を入れ、ときどき小檜山がマニアックな探偵解説を入れ、辻とナヲは笑いながらそれを聞いている――。

この家はいいなあと、しみじみと思った。さっき感じた一体感は気の置けない友人たちのそれというより、久しぶりに家族と会ったときの空気に近かった。ここはいつの間にか疑似家族みたいな関係になっていたのかもしれない。

ひとしきり騒々しい時間が過ぎて静かになった頃、不意に立ち上がってナヲが言った。

「ねえ小夜、もう教えてあげなよ。このぐだぐだな人たちにさ」

「あんた、なに失礼なこと言ってるの！」

「いいじゃん、もう猫をかぶるのにはうんざりだよ」

「兄弟喧嘩はよそでやれ」

「兄弟じゃない姉妹だもん、バーカ」

こいつもしかして本当の姿は、すげえ性格悪いのかもしれない。

「わかったよ。真相を話します」

小夜が皆を見回していった。

「今回の件は大家の陰謀でした」

「大家って、この？」

「そう、このシュアハウス銀杏坂の大家」

ここは江戸時代からつづく寺の敷地と建物で、戦後からつい最近まで大家だった人物は、せっかく長く残っているのだからできるだけそのまま残したいと考えていた。ところが数年前に大家が代替わりし、その直後近くを幹線道路のバイパスが通る計画が持ち上がったという。

「そのとたん不動産会社が接触してきたわけ。あんなぼろ家は壊してマンションにしませんかって。バイパスが通れば古い住宅街のこの周辺もたくさん店舗が張りつくだろうし、そうなれば利便性が増す。駅から歩いて十分の好立地だし地価の上昇も見込める。そして資産価値が上がれば固定資産税も跳ね上がりますが、あんなぼろ家の家賃で払えますかって」

意外な打ち明け話に全員固唾を呑んでつづきを待った。

「どういうわけかその大家はメンバーがみんなで探偵ごっこをしているのが楽しくて、誰もここから出ていかないんだと思い込んでるみたいなの」

「もしかして、あたしのせいかもしれないな」

ナヲが眉間にしわを寄せて言った。

「どういうことよ?」

「あたし何回か喋ったことがあるから。ハウスではみんなでけっこう本格的な探偵ごっこをしていて、なんだかすっごく楽しそうに盛り上がってるって」

喋ったことがあるって、誰にだ?

「それとこれは想像だからはっきりしないけど、ここっていろんな噂が流れてるじゃない? しかも、あまりよからぬ噂」

そういえばここにきてすぐの頃、近所のおばさんに教えてもらったことがあった。事故物件とか幽霊屋敷、果ては住んでいた家族の失踪事件とか。

「その悪い噂って大家自身が広めてるんじゃないかと思うんだよね、あたし」

「自分が所有している物件に、大家さん自身が悪い噂を流してる?」

流太の疑問に峠が答える。

「よからぬ噂を広めることで、住人たちが怖がったり嫌ったりするように仕向けて、一人減り二人減りして住人がいなくなることを狙った。そういう意味か」

ナヲがうなずく。さっきから小夜は何も喋らなくなってしまった。そのようすをちらと横目で見て峠が言った。

「さっきから気になってることがある。小夜もナヲも大家にこう言った、大家がこう考えてるかもしれないとか言ってるな。なんで大家のことを知ってるんだ。もしかして内緒で大家と接触してるのか？」

小夜とナヲは目顔でうなずき合うような仕草を見せた。口を開いたのは小夜だった。

「できれば言いたくなかったけど、みんなを騙してるのが心苦しいから白状します。このシュアハウス銀杏坂の大家って、実家の継父だったの」

驚きすぎたのか誰一人声を出さなかった。それぞれが呆気にとられたような表情で顔を見合わせている。急に喉が渇いてきたので酎ハイで喉を湿してから流太は尋ねた。

「ということは、ナヲさんのお父さんでもある人？」

ナヲがうなずく。頭がこんがらがってきた。

「おいおい、それじゃ親父《おやじ》さんとナヲとが陰でつるんで企んだ事件だったってことか」

「違う！　お願いだからそれだけは誤解しないで。あたし、脅迫状のことも脅迫電話も何ひとつ知らなかったんだから」

懸命に否定するナヲに、小夜が助け船を出した。

「全部あの男が考えてひとりで実行したの。ナヲは命令されて来てるスパイでもないから」

「ふふん、だったらナヲがちょくちょくここへ顔を出すのはなぜなんだ？」

ナヲがなぜか恥ずかしそうにうつむいた。やっぱりかわいいなと流太はその横顔に見とれた。

「決まってるじゃない、ときどき無性に小夜に会いたくなるからだよ。それともう一つ」

ナヲはしばし黙り込み、そして言った。

「好きなんだよ」

流太の心臓がぽんと跳ね上がる。彼女が好きな誰かがこのハウスに？　こちらの気持ちなど露知らず、彼女は両腕を大きく広げて部屋中を指し示した。

「この食堂も古ぼけた廊下も、ぎしぎし音のする玄関も、あの土蔵のかび臭い匂いも好き。そしてこのおんぼろな家に住んでくれて、探偵ごっこしたりお酒を飲んだりしてるみんなも全部大好き。これが理由の全て。悪いかよ」

やはり性格の悪さは隠しようがないが、男性陣にはまんざらでもないという笑みが浮かんでいる。

言われてみて流太はあらためて食堂を見渡してみる。ナヲが言った通り、部屋の中は隅々まで古くておんぼろだった。だが、ここにいてみんなと話していると不思議にほっとする。それも確かだった。

「小夜は知ってたのか、親父さんがこの家の大家だって」

「ううん、全然」

即答だった。たぶん本当だ。

「ここを見つけてきてわたしに勧めてくれたのは、実はおばあちゃんだった。でもそのときはおばあちゃんひと言も教えてくれなかったから」

「おばあちゃんはね、きっと気を使ったんだよ。それに、もともとこの家と土地はおばあちゃんのものだったんだし」

小夜が「うそっ！」と驚いている。本当の姉妹だというのに、知らないことと知っていることが入り混じっているらしい。なかなか複雑そうな家族の裏事情をかいま見た気がした。

「おじいちゃんがまだ生きてた頃、おばあちゃんがここの持ち主だった人から頼まれて土地と建物を買ったんだって。建物は相当古かったけど、知り合いの大工さんに頼んで修理してもらったらしいよ」

「全然知らなかった……」

小夜は呆然としたようすで、頬を両手で挟みつけるようにした。

「それはそうだよね。小夜にそのことを教えたら、絶対違うところに住むって言うに決まってるもん」

その後しばらく親族に貸していたが、時代の変遷で借り手は減っていった。そこでおばあちゃんが考えついたのが、部屋を小分けにして貸すアイディアだった。峠が「いいアイディアだ」と言った。

「たしかにシェアハウスとかいうネーミングは最近のものだが、金のない若い奴らが一つ屋根の下に暮らすってスタイルは昔からあったんだ。俺が大学生の頃も、先輩たちが下高井戸《しもたかいど》に一軒家を借りて三人で住んでたよ。他にも似たようなことしてる奴らは何人もいたな」

「そんなおばあちゃんが、どうしてこの家を壊してマンションの建て替えなんか許したんだろ」

ナヲが手のひらをこちらに向けてぶんぶんと振った。

「違うよ違うよ、建て替えたがってるのはお父さん。ほら、おばあちゃん四年か五年前に病気で入院したことがあるでしょ？　あれ以来自信を無くしたみたいで、退院して少ししてからここをお父さんに譲ったんだよ」

継父も譲られた当初は小夜が住んでいることもあり、ハウスにも住人たちにも好意的だった。ところが建設会社がマンション建て替えの話を持ち込んだ辺りから、気持ちが揺れはじめたらしい。住人を立ち退かせられないかと考えるようになった頃、小夜が住人たちと探偵ごっこにうつつを抜かしていると知る。

それをやめさせることができればハウスの魅力はなくなるのではないか。小夜が実家に戻ってくるかもしれないし、老い先短いばあさんを喜ばせることができるのでは――。

「そんなこんながなければ、こんなぼろ家に好きこのんで住む人なんているわけない。自然消滅のように全員が立ち退くことになるはずだ。そう考えてたんだと思う」

それがナヲの推測だった。ぺこりと頭を下げて、ごめんなさいと言う。父親に成り代わって謝罪しますという感じだった。

「その野郎は探偵魂をわかっちゃいねえ」

歯軋《はぎし》りして峠が言った。それから小檜山、辻、そして流太とひとりずつ順繰りに指さして言い放った。

「こんなぼろ家での探偵活動を、好きこのんでやりたがる人間が何人もいるってことをな」

辻と小檜山と流太は窺い合うようにそっと顔を見合わせる。自分たちは探偵魂とやらに突き動かされて、好きこのんでぼろ家で探偵活動している、のか？

「お父さんが電話で言ったことは必ずしも嘘じゃないんだ。あたしを実家で〈預かってる〉のは事実だし、ふらふらしてるから将来的に〈どうなるかわからない〉もん」

一同が深い溜め息をついた。

「脅迫状には〈命令に背いたらメンバーに災いが降り掛かる〉と書かれてたと思うけど、小夜さんが怪我したのもお父さんのしわざなのかな」

流太が訊くと、ナヲはちらっとこちらを見て答えた。

「まさか。いくらなんでも自分の娘にそんなことするわけないでしょ。災いって書いてあったのは、ハウスの立ち退きと取り壊しのことを指してると思う」

小夜が不意に立ち上がった。

「わたしからご報告があります」

「どうしたんだよ、急にあらたまって」

小夜はいったん眼鏡を外してから、両目をこすってかけ直した。眼鏡をとった顔を見て、流太は彼女が美形であると再確認した。タイプは全然違うが美人姉妹だと思った。

「ここを出ようと思ってます」

部屋がしんと静まり返った。いままで座に満ちていた喧噪《けんそう》が一気に引いた。予想外の唐突な宣言に全員戸惑っているようだったので、代表して流太が尋ねる。

「理由はなんですか？」

「一番は経済的なものかな。それとこの間も言ったけど、そろそろ探偵活動もきつくなってきたし」

「それなら探偵活動だけやめればいいじゃないですか。それにここを出ていくって、どこへ行くつもりなんですか」

「それは秘密」

冗談めかしたつもりだろうけど誰も笑わなかった。すっかり静まり返った中、小檜山が唐突に言った。

「もしハウスを出るのが本気なんだとしたら、小夜さんに僕から最後の頼みがあるんです。結婚を前提に付き合ってもらえませんか？」

さっきとは別の意味で空気が凍りつく。小夜が口をぽかんと開けている。

「もちろん相手は僕じゃありません。辻さんです。もし小夜さんが彼を嫌いじゃなければ……」

「考えておきます」

小夜はそれだけ言うと椅子を立ち、廊下に消えていった。部屋が再びしんとした。辻は耳まで真っ赤に染めて下を向いている。

こんなときになんであんなことを言うのだと峠が説教するも、小檜山は楽しそうに言った。

「でも小夜さん、考えておくと言ったじゃないですか。嫌です、じゃなくてね。僕が代わりに告白しておきましたから、あとは辻さん、頑張ってください」

微かに辻がうなずいた。それから峠が両手を場をおさめるように平らに動かして宣言する。

「多数決だ！　もちろん事件についてだぞ。辻と小夜の結婚じゃなくて」

あたり前だ、恋愛や結婚を多数決で決められるか。峠は夢遊病者のようにふらふらと立ち上がると、壁にかかっていた黒板に書かれていた文字を全て消した。

「でも事件はもう解決したじゃない」

「鉄之介さん、今回ばかりは多数決の余地はないと思いますよ。解決というより、初めから狂言だったんですから」

「多数決を採らないと気がすまねえんだよ」

捨て鉢に言ってから峠は顔を上げた。

「わかった、だったらこうしねえか。多数決を採るか採らないか、それを多数決で決めようじゃないか」

何を言っているのか意味不明だ。

「やっぱり諦めざるを得ないでしょう。僕らはあくまで間借り人であり、弱い立場の人間は所詮権力には勝てないと相場が決まっているものです」

それでも峠のごり押しで多数決が行われることになったのだが、案の定多数決を採る案は否決された。

心から悔しげにぐい飲みに酒をつぐ峠に遠慮してか、一人ずつそっと席を立って消えてゆく。なぜかこの場から去りがたい気がして、タイミングを逸した流太だけが取り残されてしまった。

「……解決したはずなのに全然すっきりしねえ、何なんだよこの感じ。くそったれ！」

居たたまれなくなって流太が席を立つと、峠が言った。

「借りはいつか返さねえとな。だろ？　新入り」

「ですね」

峠が悶々《もんもん》とする気持ちはわかる気がする。小檜山も辻も、小夜とナヲだってきっと同じ思いでいるに違いなかった。

†

土曜日の昼近く、カーテンのすき間から射《さ》し込む光で流太は目を覚ました。ぬくぬくとした布団の中で惰眠をむさぼっているのは無上の幸せだ。

そういえばと、ふと思う。この前のは事件じゃなかったし、しばらく事件とはご無沙汰している気がした。例の脅迫状事件以来、探偵活動が停止してしまっている。不本意ながら、あの探偵活動をやめろという脅し通りの結果になってしまったかたちだった。

そろそろ探活したいな……寝ぼけた頭でそんなことを考えている自分に気づき、ハッとする。この俺が〈探活〉という単語をごく自然に使ってしまっていた。

床に転がっていたリモコンでエアコンの暖房を入れ、布団から顔を出して染みの浮いた天井を眺めながら考えた。もしかして自分は内心では探偵活動を望んでいるのだろうか。

徐々に部屋の中が暖まってくるが、まだ布団から出たくはなかった。会社は休みだし、特にこれといって用事もないのだからすぐに起きる理由が見当たらない。

ここに住みはじめてもうすぐ一年になる。思い返してみると、突然土蔵に呼び出されて、てっきり歓迎会だとばかり思って行ってみたら探偵会議。面食らったものの断る間もなく巻き込まれて、そのままずるずると活動に参加させられて現在に至る。

そこで素朴な疑問が湧いた。

このハウスの人たちはなぜ探偵活動を行うようになったのだろう。何かきっかけがあったのか、それとももともと探偵好きな峠や小檜山に引っぱられるようにしてはじまったものなのか。

そうだ、探活開始の理由を探る探活をやってみるか。思い立ったら少しやる気が出てきた。パジャマから服に着替えながら、もしかして俺はすっかりはまってしまったのかなと苦笑した。

食堂には誰もいなかった。冷蔵庫に常備してあるヨーグルトと買い置きしていたパンで朝昼兼用の食事をとってから、聞き込みすべく土蔵へ向かった。

土蔵には鍵がかかってなかったが峠の姿は見当たらない。三和土から何度か声をかけてみたものの返事はない。

ハウスに戻ってみたが、やはり誰も起きてきてはいなかった。待てよと思った。

そういえばさっきから人の気配がしない。そもそもみんなは部屋にいるのだろうか。試しに一部屋ずつ訪ねてみたが、誰ひとりとして在室していなかった。居候の森田の姿もない。

ハウス全体が空っぽだった。この建物と広い敷地内に自分ひとりかと思ったら無性に淋しくなってくる。もう一度食堂へ行ってみたが、人はおろかヌシさえいなかった。

何だかやたら誰かと話したくなってきた。手持ち無沙汰と退屈を持て余したのでコーヒーでも飲もうと台所へ行くと、シンクの横に置かれた一枚の紙に目が留まった。

〈まっ暗な　穴に　さようなら〉

そんな言葉が手書きされている。まるで謎かけだ。暇だったからコーヒーを飲みながらその紙について考えた。

これはいったい何のメモだろう。誰かが覚え書きとして書いたのか、それとも誰かへの伝言か。まっ暗な穴……どういう意味だろうか。そして、その穴にさようならというのはいったい？

「あれ？　新入りひとりだけなんだ」

振り向くと入口にナヲが立っていた。わけもなくほっとして「よかった」と言葉が洩れた。

「何がよかったの」

「今日はこれまで誰にも会ってなかったから。話せる相手が来てくれてよかったっていう意味だ」

「ふうん、まだ誰も起きてきてないのか」

ナヲはさらに髪が短くなり、もう少し刈ったら伸びた坊主頭になる。なのに可愛《かわい》いのはやはり目力と抜群のスタイルのせいだ。彼女は腕時計を見て言った。

「もうそろそろお昼だっていうのに、みんな寝坊し過ぎだよ」

「ところが誰も部屋にはいないみたいなんだ。たぶん全員揃って外出中なんだよ、きっと」

「全員って、峠さんも？」

うなずくと、不意にナヲの顔に怪訝そうな表情が浮かんだ。

「それはちょっと、というかかなり普通じゃないな。峠さんってほぼネットオタクみたいな人だから、食料品から生活雑貨に至るまでほとんどネット通販で済ませてるの。だから探偵ごっこの捜査で必要に迫られて外出する以外、外へ出ることがほとんどないんだから」

「どうりでいつ行っても土蔵にいるはずだ」

「何だかおかしい感じが……ん？　この紙は」

テーブルの上のメモを取り上げる。

「台所のシンクの横に置いてあった。俺もなんだろうと思っていま考えてたんだけど、誰が何のために書いたのか見当もつかなくて」

文字を読む彼女の目は真剣だった。しばらくじっと見つめていたが、やがてさも重要なものだとでもいうようにそっとテーブルに戻した。そして椅子ではなくテーブルにひょいっと腰かける。お行儀が悪い。

「いまから何十年も前のことだけど、アメリカの動物園で生まれたゴリラに手話を教えた研究者がいたの」

「何の話だよ、藪から棒に」

「藪から棒ってなに」

「唐突に話をはじめるとか、そういう意味だけど」

「別に唐突じゃないよ。ちゃんとこのメモにつながる話だよ」

再び話し出す。

「類人猿の中ではチンパンジーの知能が高いのは有名だけど、実はゴリラやオランウータンも賢さはほとんど同じぐらい。それでその研究者は、ゴリラに手話で人間の言葉を教えてみようと考えついたの。最終的には千語から二千語ほどの単語を理解できるようになって、ずいぶんコミュニケーションがとれるようになったというわけ」

「前から気になってたんだけど、どうしてそんなに生き物に詳しいんだ」

「前に動物園の飼育員してたから」

「へえ、意外だな。いまも動物が好きそうだけど、どうして辞めたの」

彼女の顔は一瞬明るくなり、その直後に翳《かげ》った。

「初めて担当したニホンザルの子どもが死んじゃったから。半年経っても一年経ってもサルロスが消えなくて、このまま動物園にいたら自分の心が壊れると思った。それで」

いつもの気が強そうな言動とは裏腹に、思いの外繊細で優しい一面をかいま見た気がした。惚《ほ》れ直しそうだ。

「思い出したら何だかまた泣きたくなってきた。流太のせいだぞ、バカ」

前言撤回。しかも呼び捨てだった。いや、もしかしてこれは二人の仲が急接近しはじめた証拠なのか？

「話を戻すよ。そのゴリラが覚えた単語を使って、もちろん英語でだけど研究者と会話してかなりのところまで意思疎通できるようになった。これは動物好きの間ではけっこう知られてる話だけど、仲が良かった猫のエピソードがあるんだ」

「ゴリラと猫が仲良しだったってこと？」

「うん。ゴリラってすごく優しい動物で、気は優しくて力持ちっていう本当にそのままなんだ。それで普段からその猫をまるで自分の子どもみたいに可愛がってたんだって。ところがある日その猫が交通事故で死んじゃった。とても落ち込んだゴリラに、猫が死んであなたはどう思うか尋ねてみたんだって。そうしたらゴリラは手話でなんて答えたと思う」

ある程度は想像がついた。しかしせっかくナヲの表情が明るくなってきたので、あえてとぼけてみせた。

「全然わかんないや」

「悲しい、悪い、そう答えたんだって。それってあたしたち人間とまったく同じだと思わない？ゴリラは死を理解している、そんなふうに考えた研究者は今度はゴリラが自分の死について理解しているのかどうか、どうしても確かめてみたくなったの。その気持ち、あたしもわかる気がするな。一緒だった猫の死はわかったとして、果たしてゴリラ自身にもやがて死が訪れることを理解しているのかどうか。すごく興味深いと思わない？」

テーブルからぶら下げた長い脚をぶらぶらさせている。彼女の瞳が次第に輝きを増してきた。この娘はよほど生き物が好きなのだと微笑ましい気持ちになった。

「ヒトとチンパンジーの遺伝子はすごく似てるって言われるけど、一番大きな違いが時間、特に未来に対する認識の有無なんだって。ヒトだったら一時間後は何をしてるのか、明日は？　一年後や十年後はって訊かれれば、そんな先のことはわからないけどって言いながら、とりあえず想像してみることはできるじゃない？」

「まあそうだな、十年後にはきっと結婚していて子どもも生まれてて、とか」

口に出した瞬間、脳裏に浮かんだ画があった。それは自分とナヲが手をつないで公園を歩いているというもので、なぜか流太が赤ちゃんを抱っこしていた。慌てて自分の頭上を両手で掻き回して消す。

「何よ急に赤くなって。気持ち悪い男だな」

口ごもる流太を尻目に、ナヲの逸話はつづいた。

「チンパンジーの場合は、せいぜい十分やそれぐらい先のことしかイメージできないらしい。知恵が回るという意味じゃきっと一番だけど、そういう心とか感情の部分？　それはゴリラのほうが上回ってるんじゃないかな、とこれは個人的な意見。前置きが長くなっちゃったけど、そのゴリラにゴリラも死ぬのかって訊いてみたら、年をとって病気で死ぬって答えた。すごいよね」

「うーん、たしかに」

ナヲは腰かけていたテーブルから降りると、今度は椅子の間を歩きはじめた。ここまで話を聞いて、流太はそのゴリラを尊敬しはじめていた。すごく勉強ができたり、仕事で抜群のアイディアを出したりプレゼンテーションが巧みなやつはいるけど、そういう人種を人間として尊敬できるかといえば、必ずしもそうではないからだ。数少ない経験だがそう思う。

「研究者は、ゴリラは死んだらどこへいくのかっていう質問もしてみたんだって」

「何て答えたの」

待ちきれずに口を挟むと、さっきのメモまで近づいてきた彼女は指でとんとんと叩いてみせた。

「えっ、どういうこと」

「これがその答え」

もう一度、え？　と言ってあらためてメモをまじまじと見た。

〈まっ暗な　穴に　さようなら〉

しばらく二人で言葉の意味を噛《か》みしめた。すげえなゴリラ。さっきの尊敬はいまや畏敬の念へと変わっていた。

「でもね、そのゴリラが選んだ正確な言葉は〈苦労のない　穴に　さようなら〉なの。つまり一節目が微妙に違ってる。〈苦労のない〉の英語での単語はカンファタブルだっていうから、〈心地よい〉でもいいかもしれないけど、とにかくどう意訳してもまっ暗にはならないと思う。そこがちょっとわからないんだけど、とにかくここまでがあたしの動物蘊蓄《うんちく》。問題はこのメモを誰が何のために書いたのかということだけど、あたしは小夜だと思う」

「どうして」

「ずいぶん前だけど、このゴリラのエピソードを教えてあげたことがあるから。原文と少し違ってるけど、これを書いたのはきっと小夜」

「でも小夜さん、この間ハウスを出ていったきり会ってないけどなあ。それが正しいとして、このメモにはどんな意味があるのかっていうのが不明だ」

唇に指をあてて何事か考えていた彼女が顔をあげた。目には微かに怯えにも似た色が浮かんでいる。

「やだ、嫌な想像が湧いてきちゃった」

「何が？」

「やっぱりいい。忘れて」

「何だよ、気になるじゃないか。話してくれよ」

「本当に大丈夫かな。聞いてから、聞かなきゃ良かったたっていっても遅いよ？」

「何だかわからないままよりかはずっとましだ」

意を決したというようにナヲが言った。

「だってさ、この言葉の意味って〈死〉のイメージだよ？」

言われてみてハッとする。ナヲのこの連想が合っているとすれば、多少の違いはあるにせよゴリラが抱く死のイメージをわざわざ小夜が書き残したことになる。

なぜだ？

「それと前に峠さんから聞かされたことがあるの。このハウスにはいろんな噂話が流れてるけど、そのひとつに一家失踪事件っていうのがあったって」

一家失踪事件、と思わず繰り返した。

「流太がここへ越してきてから、一日中誰とも顔を合わせなかった日ってこれまでにあった？」

言われて思い返してみる。朝から深夜までの間に誰一人会わなかった日というのは、たぶん一度もない。

首を横に振ると、ナヲはさらに深刻そうな顔になっていた。

「その最初の日が今日だとしたら？　流太君だけ残して、みんなが集団失踪したんだとしたら？」

考えてもいなかったことを突きつけられておろおろしそうになったが、そんなことあるわけないと辛うじて耐えた。

「んなバカな」

「そうだね、たしかにあたしの考え過ぎかな。ついいつもの妄想癖が」

無理やり笑顔をつくっている。

「さっきすぐにそのことを思い出したから気になって。もうずいぶん昔のことらしいけど、この家に五人の家族が住んでたことがあったんだって。それで隣に住んでいた人がある朝ここを訪ねてみたら、人っ子一人いなくてもぬけの殻だった。まるで少し前まで人がいて食事を済ませたような形跡があったそうな……「まんが日本昔ばなし」みたいだけど、想像するだけで怖いよね」

昔とは、いったいどれぐらい前のことだろうと思った。彼女の話がもし本当だったならもっと大騒ぎになっても不思議ではない。

「そのつづきは？」

「つづきなんてない。それきり家族の誰一人としてこの家に戻ってくることはなかった。だから一家失踪事件なんじゃない」

「でもそれがもし本当だったとしたら、れっきとした事件じゃないか。五人もの家族がいっせいに姿を消したら警察が捜査するはずだろ」

ナヲは顔の前で手をひらひらさせると、口をへの字にして見せた。

「人が失踪すること自体は事件にならないんだって。峠さんが言ってた。ほら、ときどきテレビの番組でもやってるでしょう、蒸発した家族を捜そうとしても警察は動いてくれなかったみたいなやつ」

その失踪事件からしばらく経って忘れられた頃、少しずつ人が住みはじめるようになった。ほとぼりが冷めたからだ。流太が来る何年か前にいまのメンバーが揃ったとき、過去の一家失踪事件を知った峠が謎解きしてみないかと言い出して、他のメンバーを誘って調べはじめた。それが探偵活動のはじまりだった。

「昔の話っていうけどどれぐらい昔のことなのかな。それにどうやって調べたんだろう」

「近所に噂話の好きなおばさんがいて、その人に昔のことに詳しいおじいさんを紹介してもらったとか言ってたけど」

反射的に竹下さんではないのかという思いが頭に浮かんだ。

「会えてよかったよ」

「何がよかったの。あたしと二人きりになれたから？」

ナヲは後ろ手を組んで腰をかがめると、流太の目を覗き込んできた。

「そうじゃない。いや、そうじゃなくはないけど、いまのはそういう意味じゃない」

「何言ってんのかわかんなーい」

こいつ完璧にからかってるな。ちくしょう、頭にきたぞ。

思い切った行動に出るとしたらいまがチャンスだ。これまでの人生でそんな大それた行為に出たためしはなかった。でも、だからこそろくな結果にならなかったのかもしれない。

よし、やってやる。

流太は唐突に無言のままナヲを抱きしめた。想像していたよりもはるかに華奢で柔らかな身体に驚き、一瞬腕を緩めた。

そうだ、これこそシェアハウスらしい出来事だ。思った瞬間、鈍い衝撃が股間に走った。膝蹴りが入ったのだった。床にくずおれて悶絶《もんぜつ》する流太に向かって、彼女はクールに言い放った。

「手間をすっ飛ばして簡単にすまそうなんて思ったら、しっぺ返し食らうんだから」

やはり姉妹だとはっきりさとった。冷たい言い方がそっくりだ。テーブルの間を抜けて食堂を出ていく後ろ姿を、流太は床から見送った。結局ナヲが何をしにきたのかわからなかった。

†

翌日曜の朝目覚めても、やはり誰もいなかった。ざわざわとして落ち着かない気持ちは昨日よりさらに増幅されていた。初めから独りなら気にならないのかもしれないが、それまでいた人たちがいないという現実がここまで心細いとは思いもしなかった。

ナヲが語った一家失踪事件が頭にこびりついて離れようとしない。そして彼女への積極的なアプローチが完璧に裏目に出てしまったことも。

シェアハウス、イコール恋愛模様。流太だけでなく世の多くの若い男が抱く妄想ではないかと思うが、それは単なる幻想に過ぎないのかもしれない。彼女の鋭い一撃がそう教えてくれた。人生、勉強だ。

ナヲのことは頭から追い出して、失踪の可能性について考えることにした。過去の失踪事件を調べたメンバーが同じように失踪したのだとすれば、何か関係性があるのだろうか。それともこのハウスは本当に呪われているのか。

シェアハウスの住人が一人だけ残して全員失踪するなんて、いまの日本で本当にあり得ることなのかなと思ったりもする。そもそも何日経過したところで失踪の事実が確定するのかもわからなかった。

一日二日ぐらいでは外出がたまたま重なったという偶然の可能性だってあるはずだから、明日もまだ不在だったら誰かに相談してみよう。相談するとすれば流太をこのハウスに紹介してくれた不動産屋がいいかもしれない。他には誰も思い当たらなかった。

流太はベッドの上であぐらを組み、座禅スタイルで考える。

峠たちはいまどこにいて何をしているのだろう？　まさか闇の組織の陰謀とかで誘拐されてしまったわけじゃないよな？　大のおとな三人、もし森田もなら四人一緒に拉致されたりするだろうか。

万一そうだとしたら相手はかなりの人数で、かなり乱暴な方法で連れ去ったはずだ。もしもこのままいつまでも誰も帰ってこなかったら――。昨日までは妄想で片づけていた考えが、今日に至ってはリアルな未来として想像できる。

昨日の夜、なかなか寝つけなかったのでネットで調べたことがあった。過去に不可解な集団失踪が、世界中でいくつも起きていることを知った。村や集落から人が丸ごと消えた例もあったが、いずれもつい直前まで人々がそこにいた気配が残されていたというのが不思議だった。

武装組織に襲撃されたと考えられるケースもないではないが、やはり物証は残っていないという。また、〈どこにも救いはない〉という謎のメッセージだけが残されていたケースがあって、まるで今回の失踪のようだった。現在まで全て未解決のままである。

そこまで考えてきていきついた。これは自分への挑戦状ではないか？

わずか一年足らずの間にいくつもの事件で探偵活動に参加、目覚ましい成長を遂げた末遂《つい》にキング・オブ・探偵の称号を手にした青柳流太に突き付けられた、メンバーたちからの挑戦状……なわけはないか。

これは挑戦状ではないだろう。いくら物好きとはいえ、探偵活動の一環としてここまで手の込んだことをするほど暇な人たちではない。そのことは了解した上で、あえてこれを挑戦状だと思い込んでしまうことにした。

そして自分なりに調べてみようと決めた。キング・オブ・探偵を根に持った峠は、あのとき流太に向かって推理しまくれ！　と言った。

わかった、こうなったらとことん推理してやろうじゃないか。

一人でじっと部屋で考えているよりは、はるかに精神衛生上よさそうだし、名探偵の定義にもあった行動力も発揮してやる。

自分が燃える設定を考えた。みんながどこかで囚《とら》われの身となって、俺が救いにやって来るのを待っている。そして俺は、これまでに教えてもらったり経験してきたことをフルに活用して捜査するのだ。

孤立無援の探偵活動か、なんか恰好いいな。

設定を決めるとそこからは早かった。まず近所の竹下さんにあたってみることにした。峠たちが以前やったのと同じルートを辿っていけば、どこかでつながりのある何か、今回の謎を解く鍵かヒントが見つかるかもしれない。

流太が初めてここへ来たとき、峠と小檜山は奇数になったとよろこんでいた。いま流太は一人。つまり奇数だ。多数決を採れば即決である。何しろ自分しかいないのだ。

けど、そんなのつまらない。メンバーの顔を想像しながら流太は心の底からしみじみ思った。多数決をやるなら、同じ奇数でもやっぱり複数に限る。


竹下さんの家はすぐにわかった。やはり町内ではある種の有名人らしかった。インターフォンを押す前、聞き込みにあたっては注意が必要だと自分に言い聞かせた。集団失踪かもしれないとばれたら、保育園のインフルエンザ並みの早さで伝播《でんぱ》しそうだ。

竹下さんは家にいた。

「ハウスの人間が昔の話を聞かせてもらうためにどなたかを紹介してもらったと聞いたんですけど、憶えてらっしゃいますか」

竹下さんは頬に指をあててしばし考えた。

「昔話ねえ、何のことだったか……どなたからお聞きになったの？」

「たまにハウスに遊びにくる女の子からです。彼女が言うには、以前住人がいなくなったことがあるとか」

「ああ、それならうちのおじいちゃんだ。この辺では町内の生き字引と言われるぐらい物知りだったからね。何しろこの一帯が空襲で焼け野原になった後、一番早い時期にここに家を建てたぐらいで」

驚いた。空襲で焼け野原？　反応から察したらしく竹下さんは話を継いだ。

「東京大空襲は被害が大きかったからすごく有名だけど、三多摩のこのあたりもずいぶんとやられたみたい。B29の標的にされて」

「竹下さんもお詳しいんですか」

「まさか。あなた、わたしを戦前生まれだと思ってるんじゃないでしょうね」

笑顔で睨まれたので首を横に振る。

「おじいちゃんの受け売りよ。同じ話を何度も聞いてりゃ子どもだって覚えちゃうでしょう。うちのおじいちゃん、去年死んじゃったけどねえ」

「え、亡くなったんですか」

それでは話を聞くことができない。

「でも数えで八十六まで生きたから大往生といっていいでしょう。戦争のときはこの周辺だけでも十回以上爆撃されたみたいよ。そうそう、おじいちゃんがよく話してたけど、一面焼け野原の中でたった一軒だけ焼けずに残った建物があったたって」

そう言って、竹下さんは流太の鼻先を指さした。

「え？」

「それがあのハウスなんだって。なんでも庭に生えてる大銀杏の木に焼夷弾《しょういだん》が引っかかって、そのおかげで土蔵も本堂も燃えずにすんだ。やっぱりご神徳ってのは本当にあるもんなんだなあって感心してたものよ。まあお寺なんだけどねえ、そこは聞き逃してあげてさ」

「いまも立ってる、あの銀杏の大木ですか」

「そう。戦後この町内会の名前が銀杏坂と決まったのも、それが由縁」

「俺たちが住んでるあの建物は、お寺の本堂だったんですか」

「そういうことになるわね。戦争に負けた頃にはもう廃寺になってたみたいだけど」

玄関先で立ち話をしていたのだが、背後に人の気配を感じて振り向いた。

小学生の女の子が立っていた。ランドセルの肩ベルトを両手でぎゅっと握りしめ、不審者を見るようにこちらを凝視している。愛想よく笑ってみせると、顔を引きつらせて一歩後ずさりした。逆効果だった。

「あら、お帰り、今日は早かったのね」

「うん、卒業式の予行練習だった」

竹下家の子だとわかり、流太は玄関の脇によけた。横を通りすぎるときも胡散臭い人間を見る目つきは変わらなかった。靴を脱いで廊下を奥へ行き、部屋へ入る寸前にもじっとこちらを見ていた。

「お孫さんですか」

「ええ、四年生でね。息子夫婦が共働きだから、お母さんが仕事から帰ってくるまでうちで預かってるの」

「さっきの話ですけど、その失踪事件についてもうちょっと詳しく教えてもらうわけにはいかないでしょうか」

竹下さんは眉を寄せてすまなそうな顔で言った。

「ごめんなさいね、実はわたし、その話ってほとんど知らないの」

「そうですか。仕方ないです」

突然押しかけてきた無作法を詫《わ》び、丁重に礼を言った。竹下家を出て少し歩き、さてこれからどうしたものかと立ち止まって考えた。ハウスに誰かが戻ってきているかもしれないという一縷《いちる》の望みに賭けたかったけれど、やはり誰も戻っていないときのことを考えると足が向かない。

「ああ、いたいた、よかった」

声がしたので振り返ると竹下さんが小走りに駆けてくる。

「どうしました?」

「さっきの話なんだけど、失踪したっていう。あれね、うちの孫が詳しく知ってるかもしれないのを思い出して」

話がよくわからなかった。亡くなったおじいさんならいざ知らず、なぜ曾孫《ひまご》が知っているのだ。疑問が顔に出ていたのだろう、竹下さんが言った。

「おかしな話だと思うでしょうけど、真衣《まい》ちゃんはおじいちゃんが大好きで、真衣は孫の名前なんだけど、学校から帰ってくるとよく部屋に行って遊んだり話したりしてたの。あの子ちょっと変わった子で、おじいちゃんがしてくれる昔の怖い話が大好きでよくせがんで聞いてたみたいなのよ」

「それで何度も聞くうちに覚えたんですか」

「そうなの。おじいちゃんが死んだときはすごいショックを受けてたみたいだったけど、最近になってときどき思い出したように突然おじいちゃんの話をしたりするの。それも何の前触れもなく。まるでおじいちゃんが乗り移ったみたいで何だか怖いって、家族みんなで話してるんだけど」

「乗り移った？」

「おじいちゃんの昔話を、おじいちゃんが喋ってたのと同じ口調で語るのよあの子。まるでテープレコーダーみたいに」

もし本当に知りたいのならば、真衣ちゃんはおやつを食べて宿題を終えればあとは暇だから、話をしてもいいと答えたそうである。だから一時間後ぐらいに再度来てもらえれば、運が良ければ再現話を聞けるかもしれないという。

渡りに船だったので、ぜひお願いしますと約束して公園近くの喫茶店に入って時間をつぶした。

一時間後、再び流太は竹下家のインターフォンを押した。竹下さんは今度は家の中へ招き入れてくれた。居間のテーブルの前に真衣ちゃんがちょこんと座っていた。教科書とノートが横に置いてある。勉強を終えたらしい。

「こんにちは。青柳流太と言います」

こんにちは竹下真衣です、と答える。はにかんだような笑顔がかわいらしい。祖母のお墨付きが大きかったらしく、さっきまでの不審者扱いとは雲泥の差である。

竹下さんがお茶を持ってきて言う。

「真衣ちゃん、おじいちゃんからよく昔の話を聞いていたでしょう。このお兄さん、その話を聞きたいんだって。話せるかな」

真衣ちゃんが恥ずかしそうに小首をかしげる。

「俺はシェアハウス銀杏坂っていうところに住んでるんだけど、知ってるかい」

首を横に振る。まあ当然だ。

「それじゃおじいちゃんの昔話で、ある家に住んでた家族がみんないなくなったっていう話を聞いたことはないかな？」

真衣ちゃんは窺うように竹下さんを見上げた。竹下さんがうなずいてみせると、流太を見て言った。

「知ってる。ゼンタクジの集団失踪事件」

突然固有名詞が出てきたので驚いた。

「ゼンタクジというのは、大きな銀杏の木がある場所にあったお寺のこと？」

「うん」

竹下さんが禅沢寺《ぜんたくじ》という漢字を教えてくれた。

「もしその話を憶えてるなら、わかるところだけでいいから教えてくれないかな」

こくりとうなずくと、真衣ちゃんはあらたまったように背筋を伸ばした。そしてゆっくり目を閉じた。

「あれは、そう……戦時中のことじゃったなぁ。敗戦の色が濃くなってきた昭和二十年、東京の都心から疎開してきた一家があった。あの頃はこの辺りなんぞはまだまだ田舎でのぉ、戦火を逃れるために疎開してくる者も多かったもんだ」

度肝を抜かれるとはこのことだった。小学生の真衣ちゃんの話しぶりが、まるで老人の口調そのままだったからだ。思わず竹下さんを見ると、彼女は小さくうなずいて戸惑いの色を浮かべた。

「その家族は当時としては変わり者でな、珍しく〈わが家はこの戦争には反対です〉とはっきり口にしていた。特高や憲兵が恐れられておったあの時代に、なかなか正面切って口にできるものではなかった。わしは当時まだ十四歳で、あの家族の中に同い年ぐらいの女の子がいたからよく憶えとる。どこかの学校の先生だとかで皆賢そうな顔をした家族だったが、周りからは非国民と罵られておった。それもあってだろう、ひっそり目立たず暮らしていたよ。

戦況が悪化の一途を辿る中、米軍による爆撃の回数は増えていった。武蔵野《むさしの》に飛行機を作る中《なか》島《じま》飛行機という工場があったから、それがB29の標的にされたんだな。さらに立川《たちかわ》のほうにも軍事施設や軍需工場があったというから、この辺だけでも十何回も爆撃されたんだ。あの頃この辺はまだまだ田舎でなあ、だからまさかこんなところまでB29が飛んできて焼夷弾を落としていくとは誰も思っとらんかった。

だから最初の空襲の後、多くの家で防空壕《ぼうくうごう》を掘って備えるようになったんだ。そういえば中島飛行機の工場施設が空襲を受けたときに、高射砲で撃ち返したそうだ。それがB29に命中して青梅《おうめ》に墜落したという話も聞いたなぁ。八王子《はちおうじ》でも一面焼け野原になったとかで、後で聞いたところによると東京大空襲並みの数の焼夷弾が落とされたそうだよ。あれは昭和二十年の八月に入ってすぐのことだったか。

あの一家がいなくなったのは確かその少し後だったと記憶してるから、日本が戦争に負けるほんの一週間か十日前のことだ。実はわしもひそかにこんな戦争早くやめちまえと思ってたから、内心じゃあの家族を応援してたのさ。畑で作ったじゃがいもなんかの野菜を、夜に持っていってやったこともあるんだ。いつも出てくるのは上の娘さんで、いつもありがとうございます、家族みんな感謝しておりますって言ってくれて、それが嬉《うれ》しくってよぉ。だがその後、家族の行方は杳《よう》として知れんかった……」

まるで催眠術にでもかかったみたいに滔々《とうとう》と喋りつづける真衣ちゃんに、話しかけたり質問したりしていいものなのか迷った。すると竹下さんが手でどうぞというような仕草をしたので、思い切って話しかけてみた。

「そのいなくなった家族の名前は憶えていませんか?」

うーん、と言うと真衣ちゃんは腕組みをした。目の前に本当に小さなおじいさんがいるように思えてきて、流太はぞくりとした。真衣ちゃんの家族が困っているのも、あまりにリアルなこの再現ぶりにあるのかもしれなかった。

「それが何しろだいぶん昔のことだからなぁ……空とか自然に関係する名字だったような気もするんだが、憶えとらん!」

怒られたのかと思って黙っていると、真衣ちゃんがぱっと目を開けた。そして次の瞬間、話し出す前と同じく含羞の混じった笑顔に変わった。

「昔から門前の小僧習わぬ経を読むなんて言うけど、本当にこの子の記憶力の良さには驚かされてばかりですよ、わたしたちも。話し方だってほんと、死んだおじいちゃんそっくりでびっくりするぐらい」

竹下さんが頭を撫でてやると、真衣ちゃんはくすぐったそうに首をすくめた。これはもしや真衣ちゃんに亡くなったおじいさんが憑依《ひょうい》しているのではと勘ぐっていたのだが、どうやら思い過ごしだったようだ。

「家族がいなくなった話で知ってることは、いま話してくれたことで全部なんだね」

こくりとうなずく。喉が渇いたらしく横にあったコップのジュースをごくごく飲む。

「そのお寺、禅沢寺のことでおじいちゃんが話してくれた昔話って、他に何かないかな」

「えーと、よくわかんない……」

「戦争があったのはもう七十年以上も前の話で、わたしだってまだ生まれてない頃のことだからねえ」

孫に助け船を出すように竹下さんが言った。放り出されて宙ぶらりんにされた気分だったが、ここは小学生を褒めてあげるべきだと思った。

「真衣ちゃんの話のおかげですごく助かったよ。ありがとう」

恥ずかしそうにうつむいた真衣ちゃんの横で、竹下さんが言う。

「もし戦争の頃の話とか禅沢寺について知りたいのなら、駅前の図書館に郷土資料のコーナーがあったはずだから行ってみるといいんじゃないかしらね」

二人に礼を言って竹下家をあとにした。

ハウスに戻るのはなんとなく気が進まなかったので、駅前まで出て本屋で雑誌を立ち読みしてから文庫本を買って喫茶店に入った。冬の夕暮れは早い。

帰るのは嫌だったが、すっかり暗くなってから誰もいない家に戻るのはもっと億劫《おっくう》になりそうだったから、仕方なく流太は重い腰をあげた。


妙な出来事があったのはその夜のことだった。

部屋でコンビニ弁当をもそもそと食べ終えて、それからしばらくスマホで動画を見ていたのだが、疲れたので早目に寝ようと思った。洗面所でぼーっと外を眺めながら歯磨きしているとき、土蔵の中が光ったように見えた。中庭は街灯に照らされて明るいが、その向こうに建つ土蔵は暗闇の中だ。

明かり取りの小さな窓の内側が、一瞬明るくなった気がした。

峠が戻ったのかもしれないと思い、歯磨きを中断して外へ出た。土蔵の入口まで行き、把手《とって》を摑むと扉が開いた。

「峠さんいますか？」

まっ暗な室内に声をかけてみたが返事はなかった。スマホのライトで中を照らしてみる。人の気配はない。

さっきの光は何だったんだろう？　街灯の明かりが反射したのを見間違えたのだろうか。

もう一度峠の名を呼んでみたが部屋は沈黙するばかりだ。諦めて扉を閉め、ため息をつく。

中庭からハウスへ戻る途中で、ふと空を見上げた。

風のない晴天の夜でぽつぽつと星が見えた。東京でもこの辺ではまだ星が見えるんだと妙に感心した。昼間真衣ちゃんが話してくれた空襲と家族のことを思い出していた。これが七十年前だったなら、もっとたくさんの星や天の川さえ見えたのかもしれない。

そして、その広い夜空を埋め尽くすほどの爆撃機が飛び、無数の爆弾が落下してくる光景を想像してみる。

あちこちの民家や野山から火の手があがり、逃げ惑う者や信じがたい光景を前に為《な》す術《すべ》もない人々の姿――。地獄絵図としか呼びようのない光景だったろう。

現実とは思えない状況に身を置いたとき、人はいったいどんな心持ちになるのか。わが身に置き替えて想像する。自分は正気を保ちつづけることはできるだろうか。竹下家のおじいさんのように、優しさや思いやりといった善なる側面をそんな状況下でも与えたりできるだろうか。

くしゃみが出た。そのまま立っていると夜空に吸い込まれていきそうな気がしてきて、急いでハウスに向かった。

翌日の朝方、やや大きめの地震があった。

布団から上半身だけ身を起こして揺れを確かめた。震度四か五弱かなと寝ぼけた頭であたりをつける。東日本大震災以降、流太はかなり正確に震度の判別ができるようになっていた。無数ともいえる余震を経験したせいだ。

元々高い場所には落ちてきて困る物は置いていないし、家具には全て地震対策を施してあったから、揺れが収まると同時に再び眠りについた。

†

翌日の昼休み、昼食で会社を出るとすぐに流太は不動産屋へ電話を入れた。ハウスを紹介してもらったときの担当者に代わってもらい、ハウスに自分以外の人たちの姿が見えなくなったと告げた。

「あの、どういう意味でしょうか」

「そのままの意味です。二日ほど前から、峠さん、辻さん、小檜山さんを一度も見かけていないんです。そちらはハウスの管理もしていましたよね、だから連絡が入っていないかなと思いまして」

「いいえ、こちらにはどなたからも……ただ月乃さんからは今月いっぱいで賃貸借契約を終了したい旨、お話をいただいておりますけど」

この間の小夜の話はやはり本気だったのだ。

「それじゃもう一つ訊きたいことがあるんですけど、私が住んでるあのハウスが取り壊しになるって噂を聞いたんですけど、本当でしょうか」

「取り壊しって、シェアハウス銀杏坂がですか？」

声のトーンに耳を澄ませていたが、少なくとも嘘をついているようには聞こえなかった。

「銀杏坂は確かに相当古い物件ですけれど、家主さんはあの建物をとても大事にしていたはずです。ですからそのような話があれば、まずまっ先に私どもの会社へ連絡があるはずですが。それはきっと単なる噂話に過ぎないと思います。元々あそこにはいろんな噂が……あっ！」

語るに落ちるとはこのこと、か。やはり彼は流太にハウスを紹介したとき、すでにいくつかの好ましからざる噂が流れる物件であることは知っていたのだ。それを承知で紹介するとは太《ふて》えやつだ。

「知ってたんですね、ワケあり物件だってこと」

「いえ、そんなことはありません。あそこはワケあり物件ではないです。噂だって根も葉もないものばかりだし」

「あの建物が昔お寺だった話は？」

「お寺？　いや、そんなの全然知らなかったです。だいいち私、この会社で仕事をするようになってまだ三、四年ですから。それにあの物件は個人的にも好きだし、青柳さんの条件は家賃的にも時期的にもちょっと厳しかったので、少なくとも私は本当にいいと思ってお勧めしたつもりです。これは嘘じゃありません」

少しは彼を信用してもいいような気になってきた。ハウスを個人的に気に入っている、というところがいい。

と、自分を訝《いぶか》しむ。なぜ俺がシュアハウス銀杏坂の肩を持つんだ？　変人だらけでしかも妙なことにばかり巻き込まれて、煩わしく思っていたはずだったのに。知らない間に自分はハウス側の人間になってしまっていたのか。

担当者が質問してくる。

「さっきの取り壊しの件で逆にお尋ねしたいんですけど、それは具体的にどのような話だったんでしょう。どういう方からのお話でした？」

まさか家主の娘二人から聞いたとも言えないので、言葉に適当なモザイクを入れて答えた。

「誰からというのは言えません。でも、なんでもあそこの近くに大きな道路ができるそうで、それをきっかけにハウスを取り壊してマンションにするとかいうことのようでしたけど」

数秒、向こうが沈黙した。

「なるほど。その話けっこう信憑性があるかもしれないです。事実、あの銀杏坂のハウスのすぐそばを幹線道路が通る計画があるようですから」

「あの古い一軒家と土蔵の家賃を全部合わせたってたいした金額にはならないのは、私も住人なので想像がつきます。でもそういうのって、絶対に家主さんの立ち退けという命令に従わなくちゃいけないものなんですか」

「その辺は難しいところで、賃貸でも住んでいる方には借家権、一般的に居住権と呼ばれる権利があるとされています。賃貸借契約書には、家主さんの側から契約解除する場合は何ヵ月前までに申し入れしなくちゃいけない旨が記載されてるはずですが、でもちゃんと家賃を払いつづけている限り強制的に立ち退かせることはできないと思います、原則的には」

「だったら、我々は立ち退かなくてもいいと」

「法律上の建前ではそういうことになりますけど、実際問題として、こういうケースをこじらせるとかなり面倒になる場合が多いです。家主さんの側も無理を言ってるのは承知してますから、引っ越し費用を補償する立ち退き料を支払うのが普通ですね。具体的には、家賃の半年から十ヵ月ぐらいが相場でしょうか。そうなれば、それだったら新しい賃貸住宅に引っ越しちゃおうと思う方が経験上ほとんどなんですよ。一人減り二人減りしていって、最後に一人だけ残ったりして粘りつづけるのも非現実的だというか」

その、一人でも粘りつづけそうな男の顔が浮かんだので試しに訊いてみる。

「それでも立ち退かない場合はどうなりますか」

「裁判ですね。でも他の住人の方々が同じ条件で立ち退いているのに、どうしても退去したくないという姿勢は裁判所から見れば、あまり良い印象をもたれないようです。例えば飲食店を経営してるとかで、すでに多くの固定客が付いているから場所が変わると困るというような、相応の理由がない場合は」

峠に、どうしてもあのハウスでなければならない理由がありそうには思えなかった。ただただあの古ぼけた土蔵を激しく愛しているらしい、ということ以外には。

「念のためにつけ加えておきますと、立ち退き交渉には我々不動産会社は関わることができません。法律的な部分でトラブルになる可能性が高いので」

礼を言って電話を切った。みんながいなくなったこととハウスの取り壊しとの間には、何かつながりがあるのではないかと考えたのだが、そんなに都合よく事が進むわけがなかった。

ただ、不動産屋にもまだ取り壊しの話が伝えられていないと知ったことは、意外だったが収穫だった。

思いのほか長話になってしまった。しょうがない、昼めしは公園でサンドイッチと午後ティーだな。ベンチでサンドイッチを頬張りながら、ここまでの経緯をいったん頭の中で整理してみる。

一連の出来事は、ナヲの身柄が拘束されたという嘘の電話に端を発している。ハウスの家主が建て替えを考えていると小夜とナヲから知らされ、しかもその家主が二人の父であることが判明した。家主は住人を立ち退かせたがっていて、峠はそのことに強く反発、直後に流太を除く全員が姿を消した。

集団失踪。ひと言でいえばそうなのだろう。しかしよくよく思い返してみれば、断固反対を主張していたのは峠一人だった。辻と小檜山は家賃の安さが魅力と話していたことがあるし、小夜はハウスを出ると語っていた。

森田の姿も見えないが、これまで彼とは顔を合わせることのほうが少なかったし、そもそもハウスの立ち退き云々《うんぬん》に関わる権利も義務もないのだ。

けれどももし建て替えが現実味を帯びてきた場合、もっとも厳しい立場に置かれるのが森田かもしれない。そもそも彼はハウスにはいないことになっている。いわば幽霊住人である。全部自腹で一から住まいを探さなければならなくなる。趣味で拒否しているようにも思える峠とは異なり、森田にとってはまさに死活問題となるはずだ。

以前は早く独り立ちできるように少しずつ貯金していると言っていたが、アパートを借りられるだけの資金は果たして貯まったのだろうか。さっきの不動産屋の話を考えれば、強制的に退去させることはできないにせよ、裁判沙汰に持ち込まれる可能性まで考慮すれば、近い将来ハウスを明け渡さざるを得なくなりそうだった。

食堂の台所に置いてあったメモに書かれていた言葉も謎だ。ナヲによれば賢かったゴリラが抱いた死のイメージで、小夜が書いたに違いないというが、その後ナヲには会っていない。小夜に確かめてみたのか、そして何か意味はあったのか。

さらに竹下家の真衣ちゃんの、おじいさんが憑依したかのようなあの昔話――。

推理を組み立てようとしたものの、材料がばらばらすぎて何と何が結びつくのか、それとも実は各々に関わりなどないのか。どちらにしてもあまりに手掛かりが乏し過ぎる。

こうなったら、名探偵の定義第四だ。

「行動あるのみ！」

流太が声に出して立ち上がると、隣のベンチにいた女性が怯えたようにこちらを見た。

竹下さんが教えてくれた図書館の郷土資料のコーナーに行ってみよう。竹下家のおじいさんがよく語っていたという戦時中のこと、特にハウスの前身だったという寺、禅沢寺について調べてみようと思い立った。

まずは、とことん材料を洗い出してみることだ。定義第三の点線力を発揮するのはそれからだ。


会社帰りに図書館へ寄った。

テナントビルの二つのフロアを利用しているだけの小さな図書館だった。上の階の一番奥まった壁に据え付けられた、つつましい一角の棚が郷土資料コーナーである。

端から順に背表紙を見ていく。きちんと製本された体裁の単行本は少なく、ほとんどが小冊子に近いものばかりだ。ただ、そのぶん数は多い。郷土史家がまとめたもの、そしてお年寄りからの聞き書きというスタイルが多く、流太は片っ端から目次を開いてはチェックしていった。

やっと〈銀杏坂町〉の名を見つけたのは三十分ほどたった頃だ。銀杏坂町は戦後の新町名で、戦前までは石名坂《いしなざか》村という名前だったらしい。いずれにしても坂が付く。『多摩の太平洋戦争』というタイトルのその冊子も、戦争体験者から聞いた話をまとめたものだった。

冒頭から読んでいくうちに興味深いものを発見した。ある証言者の名前が「竹下賢治《けんじ》」だったのだ。もしやと思い、興奮しながらページをめくっていくと、どんぴしゃだった。

真衣ちゃんが話してくれたのとほぼ同じ内容が活字になっていた。孫娘に何回も何回もくり返し語って聞かせた昔話は、いつかは彼女の成長とともに消えてしまうのかもしれない。だが、こうして本という確かな形で残る。

たとえ真衣ちゃんが忘れたとしても、いつか再びこの冊子を開く機会さえあれば記憶は甦るはずだ。

じーんとくる温かい何かを胸に感じた。そしてその余韻に浸りながらぼんやり活字を追っているとき、ん？　と引っかかるものがあった。

頭を留守にした状態で活字を追っているうちに、何か気になるものを無意識が見つけたのに意識のほうが見過ごしてしまった、そんな感じだ。

もう一度竹下賢治さんのページまで戻り、今度は丹念に目を通していく。

戦争中の耐乏生活の話があった。疎開者と村の住民の心温まる話もあった。が、何も引っかかってこなかった。空襲と焼夷弾の話も多かった。唯一焼け残った禅沢寺について語っている人もいて、これは賢治さんも言っていた話だったが、その証言者は寺だけが残って村は全焼したと非難していた。

何かが引っかかった。再度読み直してみてもわからなかった。諦めて次のページに移ろうとしたとき、目の端がその一文を拾った。

〈敗戦の後、二年か三年経ってまた家が建ち並びはじめた頃だと思うけどね、廃寺になってた禅沢寺を月乃という人が引き取ったと、人づてに聞かされたな〉

これだと直感する。月乃――そう、小夜さんの名字だ。

小夜は月乃で、ナヲは星野。彼女たちの最初の父が月乃で、継父が星野という名字なのだろう。戸籍上の小夜の名字がどちらなのかは知らないが、元々ハウスの土地と建物が彼女らと関わりのある人物の所有だった可能性が高いのではないか。

今回のことで初めて、この推理は正しい方向へ導いてくれるかもしれないという期待を持つことができた。

もちろんこれだけではまだ解決の糸口にはならない。ただ、取っかかりになりそうな材料は見つけた。いまの自分にできるのは目の前の本を調べることだけ。とりあえず厚さも紙の手触りも種々雑多な冊子を手当り次第に読んでいった。

ポロローンとチャイムが鳴って館内放送が流れた。

「本日はご来館ありがとうございました。今日の閉館時間は午後八時となっております。貸し出しや返却は時間内に終わらせていただきますよう、ご協力をお願いいたします」

時計を見ると七時三十分、あと三十分しかない。とてもじゃないが残り全てに目を通すのは無理だと思った。

検索用パソコンへ行って〈戦争　銀杏坂〉と入れてみる。十三冊がヒットした。分類番号の一覧をプリントしてから、次は〈戦争　石名坂村〉で検索する。今度は三冊だけだった。

それもプリントして再びコーナーまで戻り、まずはその三冊を棚から探す。分類番号のおかげですぐに見つかったが、残り時間が少ないので気が急いてくる。残り時間は二十分を切っている。

一冊目は『石名坂夜話　太平洋戦争の頃』。目次を見ていく。目安は〈石名坂〉か〈禅沢寺〉だ。残念ながらどちらもなかった。

二冊目『戦争と石名坂村』の目次に禅沢寺の項目はなかったが、「銀杏坂町今昔」という目次があった。読んでみたが、戦争直後からしばらくの間の歴史が書かれているだけだった。

三冊目『石名坂村の疎開者達』は、待ってましたというタイトルである。

またチャイムが鳴って閉館五分前を告げた。借りていこうとも思ったが、このコーナーの冊子はよほど貴重なのかほとんど〈禁帯出〉のシールが貼られていた。必死のスピードで目次を見てはめぼしい項目に目を通していく。

禅沢寺の見出しが出てきた。唯一焼け残った寺と大銀杏の話とともに、一帯が焼け野原になりながらも石名坂村の焼死者がわずか二名と少なかったのは、戦前の地下道にあるのだとその老人は語っていた。

その昔この地域で亜炭が採れたことから、あちこちに縦穴や横穴が掘られているのだという。それを巧みに生かして防空壕に利用していた家も多く、そのおかげで多くの村民が命拾いをしたとあった。焼夷弾の直撃を免れた家でもいったん建物に火が回ってしまえば、所詮素人の掘った浅いものでは防空壕の用をなさず、だから東京大空襲の際も穴の中で熱死した人の数が相当数に上った。そう記されていた。

残念ながらそのとき、ピロリロリーンと閉館を告げるチャイムが流れてきた。タイムアップ。慌てて三冊を棚に戻して図書館を出た。

穴――。

台所のメモとの奇妙な一致が、やけに頭の片隅にこびりついている。

外へ出ると雪が降っていた。風もなくしんしんと落ちてくる雪だ。反射的に仙台を思い出したが、コートに付くとすぐ水滴に変わるのを見て粉雪ではないと知った。厳冬期だというのに東京の雪は湿っている。

ハウスに戻って遅い夕食をとってから、これまで手に入れた材料を基に推理を組み立てる作業に入ることにした。これまでの経験を総動員し、自分史上最高の解決策を導き出してやる。

深夜まで脳みそを絞りに絞った末、流太はある仮説を立てた。頭が痺《しび》れてくるほど疲れ切っていた午前一時過ぎのことだった。

どこからともなくそのアイディアが降りてきた。

誰かに話したらバカバカしいと一笑に付されそうな仮説だったが、話す相手がいないのだからちょうどいい。無意識のうちに、名探偵の定義第五の〈飛躍力〉が背中を押してくれたみたいだった。この推理をもとに、明日朝一番から調査を開始だ。

その日の深夜、また地震があった。前日よりも大きかった。

これは震度五強ぐらいあるかもしれないぞ。思わずベッドから跳ね起きカーテンを開けた。窓の外を見て思わず流太は息を呑んだ。

庭に青い塊が浮かんでいた。

反射的に火事だと思い、サッシを開けて外へ出ようとした。

それは燃え盛る炎のようにも見えたが、色は青白かった。太い火が立ち上っているようには見えるが、燃えてはいないのだった。

鬼火？　あるいは狐火《きつねび》か？

魅入られたように凝視しているうち、青い炎は前触れもなく突然消えた。

背中を冷たい何かに撫でられたような気分だった。急いで布団に入ったが、なかなか寝つけなかった。

†

朝起きて部屋のカーテンを開けると、中庭にうっすらと雪が積もっていた。朝方に冷え込んで溶けなかったのだろうが、それにしても一センチあるかないかという程度だ。

昨夜の炎のような現象は一体なんだったのかと考えながら、洗面所へ行ったときに異変に気づいた。

タオルで顔を拭きながら見るともなく見ていた庭のまん中に、大きな黒い円が描かれていた。

いや、描かれたのではない。正確には、薄く積もった雪が円形に溶けて地面があらわになっているようだ。

流太は木枠の窓ガラスに思わず顔を近づけた。よく見るとその黒い円の周囲からは、微かに白い煙のようなものが立ち昇っている。

咄嗟に頭に浮かんだのは、未確認飛行物体が庭に着陸して飛び立ったのではないかという奇天《きて》烈《れつ》な考えだった。ＵＦＯの下部は熱いのか？　まさかな。

いったん部屋に戻り、パジャマの上にダウンジャケットをはおって外へ出た。黒い円に近づいていくと仄《ほの》かな異臭がした。何の臭いかはわからなかったが、円の縁まで来て白煙の正体が分かった。

何かが燃えた煙ではなく、湯気だ。

立っていると周囲より温かい。いったい何が起きているんだ？　さすがに自分の中でＵＦＯ説は却下したが、それではこの現象は何だと考えてみてもまるで見当がつかない。

円の直径は三メートルほどもあるだろうか。一面まっ白に雪が積もり、その庭のまん中部分だけ雪が溶けて円形になり、そこから湯気が立っている。

まったく意味がわからない。唯一考えられるのは、昨夜の青い炎と関係があるのかもしれないということぐらいだった。

地面に触ってみようかと考えたが、万が一にも何かの薬品とか未知の物質が撒《ま》かれていたりしたら命に関わる。そう思いながら、まだＵＦＯ説を完全には否定していないらしい自分に苦笑する。

もしかするとこれも一種のミステリーサークルではないか。けれどもあのミステリーサークルは、人間が故意に作ったものだと原因は判明したはずだ。そう考えてくると、この謎の黒い円も人為的なものである可能性は高いかもしれない。

ただの勘だが、いますぐに具体的な危険があるという感じはしなかった。ひとまず部屋に戻って着替えてから、ハウスの内部を調査することにした。住んで一年近くになるが、考えてみれば必要な場所以外はほとんど足を踏み入れていない。

流太の推理では、ハウスのどこかに防空壕の入口があるはずだった。竹下家の賢治さんの話、そして郷土資料コーナーで見つけた聞き書きから導き出した答えだった。廊下へ出るとほとんど食堂や洗面所のある方向へしか行かないが、今日は懐中電灯を持って反対へ向かった。

この先には小夜の部屋と、一部屋おいて奥に森田が居候する部屋、そしてどん詰まりの左側に〈開かずの間〉があるらしい。物置らしいが現在の住人は誰も使用していないと小夜から聞かされたことがある。

気にはなっていたが何となく薄気味悪くて来たことはなかった。

その部屋の前に立って驚いた。扉がない。というか部屋がない。

きっとここが部屋だったのだろうと思わせる凹凸が浮き出た壁はあった。しかし柱に囲まれた壁一面が漆喰《しっくい》で塗り固められているのだ。なるほど、これはたしかに開かずの間だなと妙な納得をして、別の部屋を当たることにしたものの空き部屋は全て鍵がかけられている。

俺の推理もまだまだだ。がっかりしつつも地下へ降りられそうな他の場所を探したが、台所にある床下収納庫ぐらいしか思いつかない。大根とごぼうが入っていた収納庫はしっかり作られていて、とても外して地下へ降りるという感じではなかった。

次は空き部屋を窓の外から覗いてみようと、ふたたび外へ出た。玄関から左へ出て空き部屋を一つずつ確認していったが、床に入口になりそうなものは発見できなかった。

ぐるりと回って中庭へ出ると黒い円はそのままだが、さっきより湯気の量が多くなった気がした。

気にはなったが、謎の自然現象の解明よりまずは集団失踪事件の解決が先だと言い聞かせ、今度は土蔵へ向かった。

扉の鍵はやはり開いたままだった。靴を脱いで板敷きにあがる。土蔵は極端に窓が小さく、しかも少ないため薄暗く、懐中電灯で照らしながら奥へ進んでいく。

これまでは囲炉裏の間しか入ったことがないから、どこにどんな部屋があるのか勝手がわからない。トイレ、風呂場と戸を開いていく。驚いたことに、流太の祖父母の家の納屋にあった五右衛門風呂《ごえもんぶろ》がでんと置かれていた。素浪人の峠にはお似合いだが、いったいどうやって沸かすのかが謎だ。

狭い廊下の奥に物置らしき部屋を見つけた。四畳半ほどの広さのその空間はめちゃくちゃになっていた。壁に造り付けられていたいくつもの棚が倒れ、中の多くの物が散乱していた。食器や本、いくつもの金属の棒、その他いろいろな物が幾重にも折り重なって何が何だかわからない。

土壁まで剝がれているのを見て流太は大震災を思い出した。祖父母の家もあの揺れで漆喰の壁が剝がれ落ち、もしもそこに人がいたら大怪我しただろうと話したものだった。

立てつづけに起きた地震のせいだ。

これでは防空壕の入口を探すどころか、床を確認することすら難しい。防空壕の跡が残っていれば中へ入ってみるつもりだったが諦めるしかなさそうだ。この物置の品々は元々あった家主の物なのか、それとも峠の私物なのか不明なだけに勝手に片づけるのはまずいだろう。

防空壕の中に何かがあるかもしれないと推理したのだった。あの台所のメモはナヲが小夜に教えたエピソードだった。ということは、小夜が穴に手掛かりが隠されていると、ナヲを通じて流太に伝えようとしたのではないか。そう考えた。

〈苦労のない　穴に　さようなら〉が〈まっ暗な　穴に　さようなら〉に変えられていたのは、穴、つまり防空壕跡に手掛かりが隠されていることを暗示していたのではないか。そして探偵活動のメンバーらしく、多少の推理が必要となるかたちでメモを残した。

具体的に何を伝えたかったのかまではわからないが、集団失踪の謎に結びつく何かが穴にある。昨夜流太はそう結論づけたのだったが――。

俺の推理はどうやら的外れだったらしい。さて、どうしたもんか。すっかり途方に暮れているそのときだった。

どこかから声が聞こえた。流太はきょろきょろと四方を見回した。が、誰もいない。声はさらに大きくなった。

「たすけてくれー！」

どこから聞こえているんだ？　耳を澄ませて待った。

「おーい、たいへんだー！」

今度ははっきりと聞こえた。

「どこですか？」

「物置だ、物置の床の下！」

峠の声は必死だった。散乱した物の間を縫って物置の奥へ進む。足元から聞こえていた声は切迫していた。

「よく聞け、俺たちはいま地下室にいる。たぶん地震で物が倒れるかして出口が塞がれちまったんだ」

「その通り、よくわかりましたね」

「いいから早く物をどけろ！」

床一面を埋め尽くした無数の物品の、いったいどこから手を付ければいいのかわからない。

「早くしろ、ぐずぐずしてると俺たち死んじまうぞ、すぐそこまで熱湯が溢《あふ》れてきてんだよ！」

「ね、熱湯？　なんで」

ガタガタと物が揺れた。ここだ、と峠の声。慌てて靴のまま瓦礫《がれき》の山を踏み分けて壁際まで行く。動いているのは大量の本だった。

百科事典の山を手でどけて、その下に倒れていた小型の冷蔵庫を横に動かす。

床に四角く木枠で仕切られた戸が見えた。把手に手をかけて思いきり引っ張った。

「熱《あ》ちっ、早く早く！」

今度は辻の声だ。ぶほっという音と埃《ほこり》とともに蓋が開く。

煤《すす》だらけになった峠の顔が出てきた。後ずさりした流太の靴の下で何かが割れる音がした。

つづいて小檜山、そして辻がその穴から転がり出てきた。

全員、煤と埃だらけだ。

「いったい何なんですこれ、何日も姿が見えなく……」

驚いたのは彼らが出てきた穴を水が浸していることだった。いや、水じゃない。湯気が立っている。

お湯だ。

すぐそこまでお湯が溜まった穴を、全員で呆然と眺めた。奇妙なことにそれ以上は溢れ出てこない。

三人は深い息をふうっと吐き出すとその場にへたり込んだ。

「いったい何があったんですか」

流太の問いに、三人は黒い顔を見合わせた。

「鉄之介さんのせいでひどい目に遭った」

小檜山が顔をしかめて言った。スウェットの上下はすっかり埃だらけで、しかも膝の上ぐらいまで黒く濡《ぬ》れている。三人とも同じだった。

「発端は、ハウスと土蔵の取り壊しと建て替えに徹底抗戦するぞって話だ。僕と辻さんは気が乗らなかったけど、すっかり頭に血が上ってむきになった鉄之介さんの籠城作戦に巻き込まれた」

「籠城ってどこに」

小檜山が指で足元を示した。

「この土蔵の下にある地下通路さ。出入口はハウス側にもあったらしいんだけど、そんなこと全然知らなかったから面白半分って気持ちもあって」

「やっぱり！　戦時中の防空壕ですね」

ほぉと感心したように峠が言う。

「そこまで調べ上げたか。なかなかやるじゃないか、新入り」

「いや、竹下さんに」

説明しようと思って顔を見た。峠は額の汗を汚い手でぬぐったのか、眉がすっかりつながって一本の黒い棒のようになってしまっていたから、流太は思わず噴き出した。

「何を笑ってんだ、この野郎」

すみませんと笑いをこらえつつ眉を指さす。小檜山と辻は同時に見て、同時に大笑いした。ようやく笑いが収まったので流太は尋ねた。

「それで、熱湯っていったいどういうことですか」

「いや、それがわからんのだ」

戸惑う峠から小檜山が話を引き取った。

「鉄之介さんに引きずられて地下に籠城したとはいっても、夜は土蔵に戻って食料を調達して食事はとってたんだよ」

小檜山は時折峠の眉のあたりに目をやりながら笑いをこらえてつづける。

「面白かったのは、まあ最初の一日だけだったね。鉄之介さんは小夜さんも誘ったんだ。にべもなく断られたらしいけど、小夜さん正解だった」

籠城してほどなく、この作戦は効果ゼロじゃないかと小檜山は告げた。いったい誰に対して何をアピールしているのかさっぱりわからないじゃないですか、と。

「それで土蔵に戻って頭を冷やして作戦を練り直そうとしたんだ。ところが出口が塞がれてしまって出られないことに気づいた。地下でスマホも使えないし、救援を呼ぼうにも呼びようがないと気づいてパニックになりかけて」

「ハウス側の出口を使えばよかったじゃないですか」

流太が言うと、峠が答えた。

「そっちは前の改築のときに塞がれたんだ。だからいま使える出入口は土蔵の納戸だけだ。どうも最初の地震で物が倒れて塞がれたんだな」

一本眉の峠が真剣な面持ちで言うので余計におかしい。また笑いそうになったので顔から目線を外して聞いていると、二度目の地震の直後におかしなことが起きたとつづけた。

「地下道の中がだんだん暖かくなってきたんだ。やけに地面も暖かい。それで転がってたスコップで地面を掘ってみた。そしたら熱いお湯が出てきたんでびっくりだ。何だこりゃと思ってるうちにどんどん湧いてきて、そこで初めてこりゃやばいぞって気づいた」

「その前の時点で充分やばかったですけど。僕らは地下から出られないのに熱湯はどんどん溢れてくるんだから」

庭のあの黒い円はそれが理由だったのだ。流太は昨夜の青い炎のような現象と、今朝丸く溶けていた庭の雪のことを話した。

「俺が調べたところではこの辺では昔亜炭が採れて、そのための地下坑道があちこち走ってるそうです。それにしてもどこからお湯が漏れてきたんですかね」

そのとき、どーん！　という音が響き渡った。庭のほうだ。

「なんだ？」

土蔵から外へ出た。

庭の中央からまっすぐ上に、液体が噴き出していた。冷たい空気の中、もうもうと湯気が立っている。お湯だ。

にわかには信じがたい光景が目の前で繰り広げられている。

「まさかこれ……」

噴出するお湯を見上げて辻が言った。

「まさか、なんだよ」

「もしかして、温泉とか？」

まさか、と三人は声を揃えた。


それは本当に温泉だった。

突如湧き出してきたきっかけは二度の地震だったらしい。庭の下にあった小さな活断層がずれたことで、地下に張り巡らされた坑道のどこかに亀裂が入り、直下に溜まっていた源泉が噴き出した。そして地下を縦横に走っていた坑道を温泉が順々に満たしていって、最後に地表に一番近い防空壕跡へと上がってきたと推測された。

庭の中央付近には、炭坑時代に空気を取り入れるための空気穴が設けられていたのだが、長い年月の間に土や雑草で埋まってしまっていた。その穴が噴出の圧力で開いた。最終的にそう結論づけられた。

温泉が単純泉だったから良かったものの、例えばこれが硫化水素を含む温泉だったなら、全員が中毒死していた。後で専門家にそう教えられて、峠は辻と小檜山にこっぴどく叱責される羽目になった。

家主である小夜たちの父、星野雄造《ゆうぞう》はもちろん大よろこびだった。これで温泉付き分譲マンションに建て替えられると狂喜乱舞していたと、後日ナヲから聞いた。

†

土蔵にメンバーが集まっていた。ぜひとの希望で今日は小夜も参加していた。腕組みした峠が元気のない声で言った。

「これで取り壊しの阻止はいよいよ厳しくなってきた。俺もいろいろ調べてはみたが、住人の側が家主からの立ち退き要求を拒否するのはなかなか大変なようだ。唯一の救いは、賃借人が家賃を払いつづけている限りは強制的に退去させるのは難しいということだけだが」

少し空いた間を埋めるように辻が言う。

「でも思うんすけど、いつまで住んでいられるのかわからないっていう宙ぶらりんな状態のままじゃ落ち着かないっすよ。自分もっと仕事に集中したいんで、プライベートでいつまでも揉め事を抱えるってのはちょっと」

気落ちしたようすで峠が答える。

「そうだな、今回のことでは辻と小檜山にひでえ迷惑をかけちまった。もしもここに執着してるのが俺だけなら、さすがにこれ以上みんなを巻き添えにするのは心苦しい。まあ、俺はひとりでも徹底抗戦してみるつもりだが」

そこで顔を上げて言う。

「だから最後は俺たちらしく、すっきりと多数決で決めたいと思うんだがどうだ？」

誰も異存はないのか発言する者はいなかった。かといって、本当にそれでいいのかという迷いの気配も漂っている。

お前はどうなんだと、流太は自問してみる。確かにこのハウスの最大の魅力は家賃の安さだ。自分がここに決めた理由もそれだ。でもいまこうして住みつづけているのは、決してそれだけが理由じゃないという気もした。

もやもやしてよくわからない。少なくとも即決できるようなことではなかった。沈黙を破って小夜が言った。

「多数決もいいけど、その前に聞いてほしいことがあるんだ。みんなは温泉権って知ってる？知らないよね」

自問自答である。残念ながら誰も知らなかった。

「ここの土地建物は家主のものでみんなは賃借人。でも法律的には借家権という権利があって、これは尊重されている。ここまでは知ってるかもしれない」

「ああ知ってる。でも温泉権ってなんだ」

「部分的土地所有権とも言われてるものらしいんだけど、これがなかなか興味深いの。自分が所有していない土地から温泉が噴出してきたとき、最初にその源泉を発見した場合、その温泉湧出口の部分を所有できるという話みたい。そこで質問だけど、今回の温泉を発見したのは誰？」

峠が勢いよく手を挙げる。つづいて辻と小檜山も挙手する。こくりとうなずき、小夜は持参した手帳を読み上げた。

「でね、これは裁判所の判例にあるらしいんだけど〈現地を訪れることで部分的な土地所有の存在が確認できる場合、登記がなくても第三者に対抗できる〉とあるんだ」

「えーと、つまり？」

弱々しい声で訊く峠に、小夜が薄く笑って答える。

「つまり他人の土地の中にあっても、その温泉が湧き出している出口だけは、発見した自分たちに温泉権があると主張できるということらしい」

一瞬の間の後、おぉー！　と歓声があがった。珍しくハイテンションの辻が挙手して質問する。

「庭のまん中んとこだけ、自分らに温泉権があるというわけっすか」

「うん。でもこれだけだと万一裁判になった場合に弱いかもしれないから、ちょっと作戦を練ったほうがいいんじゃないかと思って」

全員が顔を寄せ合うようにして彼女の考えを聞いた。探偵会議は深夜まで及んだ。


家主と住人側の話し合いの場が設けられることになった。

ハウスの庭に車で乗りつけてきた星野雄造は、相当面食らったらしかった。というのも、ハウスをぐるりと囲む生け垣には大きな横断幕が掲げられていたし、周辺の家々や道路沿いにも手作りの看板が立ち並んでいたからだ。

〈シュアハウス銀杏坂　建て替え工事絶対反対！〉

看板にはそんな物々しい言葉が大書され、さらには近隣住民たちがプラカードを持って立ち並んでいた。

ハウスの食堂で話し合いがはじまった。住人の側にはなぜか竹下さんと町内会の役員数名も参加している。

「どうしてこのような騒ぎになっているのか理由がわからないのですが、説明はしてもらえるんでしょうな」

戸惑ったようすで星野が言った。高価そうなダークグレイのスーツをシックに着こなしている。

「説明も何も見ての通りです。ハウスの住人だけでなく、周辺住民の皆さんもこぞって取り壊しと建て替えに大反対してるということです」

峠がジャケットを着る姿を初めて見た。まるで正装した起き上がり小法師《こぼし》だ。

「反対の理由は？」

「まず第一には、日照権の侵害です」

竹下さんが語気を強めた。ハウスを壊した跡地に四階建て以上の建築物が建つと、その北側にある家々はほぼ一日中陽が射し込まなくなる。そこには竹下家も含まれるのだった。

「いまのハウスの跡地にマンションが建つのと、そこに温泉施設ができるのとどっちがいいかって訊かれたら、そりゃもう一も二もなく温泉施設がいいに決まってますよ」

「ちょっと待ってください、何ですかその温泉施設というのは」

「あれ？　生け垣の横断幕、見ませんでしたか」

星野が首を横に振ると、峠は立ち上がって黒板の前へ行った。チョークで大きな字を書いていく。張りつめた空気が流れた。

〈日帰り温泉施設が誕生します！〉

「日帰り温泉施設……何ですかこれは」

「現在のハウスを残したままで、源泉が噴出している場所に日帰り温泉施設を新たに造ろうというわけです」

一瞬の沈黙のあと、部屋中が拍手と大歓声に包まれる。見ればハウスの外にも多くの住民が集まっていた。そのほとんどが近隣のお年寄りらしく、「温泉万歳！」「マンション反対！」と口々に叫んでいる。

すっかり苦りきった表情で、星野は横にいた男に何事かを話しかけた。

「皆さん、少しだけお静かに願います」

星野の横でずっと黙っていた男が立ち上がって言った。

「わたくしはこちらの物件を管理させてもらっている、西東京不動産の佐原《さはら》と申します。星野さんからのご依頼があって本日臨席させていただきました。先ほどからお話を伺っていますと、どうも住人の皆さんからの一方的な意見ばかりが目立つようですので、もう少し冷静に話し合いをされたほうがいいかと思うのですが」

「一方的なのはそっちじゃないか！」

「マンションなんか絶対に建てさせねえぞ！」

外野席から野次が飛ぶなか話し合いがつづけられたが、なかなか折り合いはつかなかった。双方の主張の隔たりが大きすぎるのだからそれも当然だ。

「わたくしどもも一度の話し合いで決着するとは考えていませんので、この件は後日あらためて席を設けさせていただくということで」

佐原が話し合いを切り上げようとしたそのとき、食堂に入ってきた者がいた。ナヲの顔が見え、その横におばあさんが立っている。

「お義母《かあ》さん、どうしてこんなところに」

星野が驚いている。ナヲが寄り添うように連れてきたのは彼女の祖母らしかった。

「この建物は壊させないよ。あたしの目が黒いうちはね」

おばあさんがしっかりした声で言った。お年寄りなのにやけに目力が強い。

説明によれば、元々ここの土地建物はおばあさんが所有していたものであり、小夜とナヲの母である娘が再婚後しばらく経ってから、夫となった星野雄造が管理するようになった。実質的な管理は星野雄造に任されているものの、法律上の所有権はおばあさんにあるというのである。

「おばあちゃん、日帰り温泉建設のアイディアはどうでしょうか？」

峠が恐る恐るお伺いを立てると、ひと言「あたしはあんたのおばあちゃんじゃないけど」と答え、それからぐるりと見回してこう言った。

「銀杏坂に日帰り温泉、いいじゃないか。そうなったらあたしもぜひ入りに来たいもんだね」

どこからともなく拍手が沸き起こり、あちこちから歓喜の声が上がる。星野と佐原がすごすごと退場していく。

温泉施設計画スタートの瞬間だった。

†

来年の夏をめどに、日帰り温泉施設がオープンする運びとなった。

建設費用の半分をおばあさんが出資し、残り半分を星野雄造が金融機関から借り入れることになったらしい。さらには盛り上がった町内会有志が集めた募金が、町内の高齢者たちの年間入湯券に充当されることとなり、竹下さんたちは無料で温泉が楽しめると大よろこびである。

合同会社を設立して運営管理にあたることになったのだが、これには峠が多額の出資をしたと聞かされて流太は驚いた。実は彼がネットトレーダーとしてかなり儲《もう》けていると聞かされて二度びっくりした。

メンバー各人も出せる範囲の金額を出資した。流太も気張って十万円出した。全体から見れば微々たる額とはいえ、自分が出資した温泉があるなんて楽しそうだったからだ。

軽食コーナーも併設しようという話まで持ち上がり、森田が食品衛生管理者の資格を取った上で責任者として働くことも決まった。破顔一笑した森田のTシャツには〈生涯同志！〉とプリントされていた。

夜逃げを促してハウスに住まわせる提案をしたのは流太だっただけに、これで落ち着くべきところに落ち着いたという感じがして、正直ほっとした。

泉質は単純泉、源泉温度は四十八度、そして湧出量が毎分七十五リットル。温泉に詳しい人の話によれば、湯温も湧き出している湯量も充分で、循環なしの源泉掛け流し百パーセント温泉となれば大人気になるのでは、との予測もある。

あの朝、流太が庭で見た青白い炎のようなものは、稀《まれ》に地震の際に目撃される電磁波が光る現象ではないかとのことだった。ボーリングに頼らず自噴してきた温泉というのはいまどきかなり珍しいらしく、多くのメディアが取材にやってきた。対応するのはもっぱら峠で、まるで自分が掘り当てたみたいに有頂天だった。


騒動が一段落した頃、流太は星野家を訪ねた。シュアハウスのオーナーであるあのおばあさん、月乃はるみさんに訊いてみたいことがあった。小夜やナヲがいると煩わしいので事前に不在を確かめておいた。

お母さんはお茶を出すと部屋から出ていって二人きりになった。

「実はこんなものを見つけたんです」

流太は郷土資料コーナーでとってきたコピーを渡した。

「俺たちが借りているあの建物、もとは禅沢寺というお寺だったと聞きました。戦争があった当時、あそこに疎開してきた一家がいて敗戦の直前に失踪したという噂があったそうです」

はるみさんは流太をじっと見据えた。相変わらずの目力に圧倒されそうになる。

「そして敗戦後、月乃という人があそこの土地建物を引き取ったという聞き書きを発見したんです。そこで俺は考えてみました。戦時中に疎開して住んでいた五人家族って、もしかして月乃家だったんじゃないかって」

はるみさんはふっと目を逸らすと庭を見た。そして、しばし沈黙したあとに言った。

「あの建物はあたしたち家族を守ってくれた、大切な大切なお家《うち》なの」

彼女はぽつぽつと思い出しながら語ってくれた。

戦前までお寺だったあの建物は、空襲から私たち一家を守ってくれた。自分はまだ幼い子どもだったが、あたり一面がまっ赤に燃えている場面を鮮明に憶えている。庭の大銀杏にぶら下がった焼夷弾が、折からの風で左右にぐらぐら揺れる様子を見つめながら、もしあれが落ちてしまったらみんな焼け死んじゃうんだよと、お母さんがきつく抱きしめてくれた感触はいまもしっかり憶えている。

「地面の下には亜炭をとる坑道がいくつも掘ってあって、空襲のときはその中に家族で何度避難したか知れないぐらい。集落ではつまはじきにされていて、父親も母親もあたしら子どももずいぶん辛い思いをしたものだよ。それである日父親から、今日から絶対に表へ出ちゃいけないと言われてねえ」

食べ物はどうしていたものか知らないけれど、家族の人目に触れない生活がはじまった。理由は未だに不明だが、父はもうすぐ日本が負けることを察知していたのではないか。そして戦争さえ終われば家族は大手を振って暮らすことができる。

「疎開してくる前、あたしの家は元々都心に土地を持っていたの。でもどういういきさつかは知らないけど、父親があのお寺の土地と建物を買うことになったのね。あたしが結婚して子どもたちも大きくなった頃に父が亡くなって、遺産の一部として長女だったあたしがあそこを相続することにしたわけなの」

「それは、やっぱり家族を守ってくれたということで？」

「ええ、縁を感じてね。父が都内に持っていた他の土地は妹たちにあげることにしちゃった。それにしても一家失踪っていうのは初めて聞く話だけど、なにせ敗戦のどさくさの頃だから、あたしたちが人目につかないように暮らしていたときの噂に尾ひれがついて勝手に話が膨らんじゃったんじゃないかねえ」

「なるほど、そういうわけだったんですか」

「この間ハウスへ行ったときに見たんだけど、看板にシュアハウス銀杏坂って書いてあったの」

「あ、あれは峠さんが……」

「シュアっていう英語は〈確かな〉とか〈確実な〉っていう意味だって、この間ナヲが教えてくれたんだよ。あの家はあたしたち家族を守ってくれた家だから、シュアハウスが正しいのかもしれないね」

シュアハウス銀杏坂で起きたと噂されてきた一家失踪事件の、それが顛末《てんまつ》だった。

峠の招集で土蔵に全員が顔を揃えることになった。峠に尋ねたいことがあったから、流太は少し早めに行くことにした。

「どうした、早いな」

「ひとつ腑《ふ》に落ちないことがあって訊きたいと思ってたんですけど」

「なんだ」

「集団失踪の話が出たときのことです。そのときになんで俺だけ誘ってくれなかったんだろうって、ずっと引っ掛かってたんですよ。辻さんも小檜山さんも誘ったのにどうして俺だけ？　って疑問に思ってて。もしかして仲間外れにされたのかなとか」

「ばーか、簡単なことじゃねえか。いいか？　失踪ってのは、いままでそこにいた人間が消えるってことだろ。いたのに消えた、その事実を誰かに伝える役目の人間がいなくちゃ、失踪そのものが成立しないだろうが。だからそれを証明してくれる者が必要だったんだ。森田はもともとこのハウスにいないことになってるんだから、新入りのお前が目撃者にはうってつけだったのさ」

言われてみれば一理ある。

「けどよくよく考えてみりゃ、籠城して失踪を装うなんて家主を困らせるには少しも役に立たねえんだけどな。あんときゃ俺もすっかり頭に血が上ってたから」

三々五々メンバーが集まってくる。最後にどこからともなくヌシがのっそりと入ってきて、小夜の膝の上にのった。

温泉が湧き出したことで小夜はハウスに戻ってくることになった。実家に戻ると決めたのは、おばあちゃん孝行をすることで父親に恩を売れば、立ち退きと建て替えを阻止できるかもしれないと考えてのことだったそうだ。

いわばハウス存続のための人質になりにいったようなもので、辻からそれを聞かされたとき不覚にも流太は泣きそうになった。ハウスを心底愛する人がここにもいる、と。

「今日集まってもらったのは他でもない。俺から重大発表、というか重大提案がある」

大真面目な顔で峠が宣言する。

「我々の活動もいま新しいフェーズに突入しようとしている。今回のプロジェクトはいわばローンチである」

「フェーズ？　ローンチ？　何すかそれ」

辻が疑問の声をあげた。温泉施設建設が決まってからというもの、峠がカタカナ語を使いたがってみんな困っている。まるでビジネスおやじだ。

「ローンチはプロジェクトを立ち上げることだ。そんなことも知らんのか。そこで多数決のテーマは、探活か温活かということだ」

「……温活？」

みんなの声が揃った。

「探偵活動から温泉活動へ。我々は今その岐路に立たされているといっても過言ではない」

過言だろう。それに何でもかんでも活を付ければいいというものじゃない、活活うるせえな。

流太がそんなことを考えていると、小檜山が訝しげに言った。

「温泉活動って、具体的にはどんな内容を考えてるんです？」

「いい質問だ。これまで我々は探活でいくつもの難事件の謎を解いてきたわけだ。それで培ってきた経験を生かして温泉施設の運営にあたっていきたい。今後の目標は事件の解決から健康増進となり、中でも力を入れていきたいのが町内会のじいさんばあさんたちを元気で長生きさせることだ。未来の日本社会を救うのは老人の健康長寿、それが温活のミッションだ」

全員が戸惑う中、峠だけがやけに盛り上がっている。合同会社の代表になったことで多分ハイテンションになっているのだろうが、このままだと見当違いの方向へ暴走していきそうで怖い。

「ちょっと訊いてもいいかしら。温活の方向性はわかったけど、具体的には何をどうするつもりなの」

「それはだな、つまりあれだ……」

峠が口ごもる。とりあえず突っ走ってみたものの具体的には何も考えていないという事実を如実に体現していた。

「温活がはじまったらみんなで考えようじゃないか、な？　多数決の前におのおのよく考えてほしい」

流太はこれまでのことを振り返ってみる。

みんなと知り合ったこの一年、いろいろなことを一緒にやってきた。探偵活動なんてバカげたことを大真面目でやる変人ばかりだけど、無茶なことを振られることも多かったけど、一年経っても新入りのままだけど、それでも楽しかった。

もしも、と想像してみる。温泉がでないまま取り壊しとなりメンバーも解散することになっていたら、バラバラになってもたまに連絡を取り合って酒を飲んだりしたのかもしれない。しかしそれは決定的に何かが違う気がした。

いつしかこのぼろいハウスと土蔵に自分は愛着を抱いていたのだ。つくづくそう感じた。俺はこのハウスとここに暮らしているメンバーがセットで好きなんだ。これから行われる多数決も、本心では探活でも温活でもどちらでもいいと思っているのかもしれない。

ようは、このメンバーで一緒に事に当たるのが好きなのだ。

「気持ち悪いやつだな。何が一緒に事に当たるのが好き、だ」

しまった、また心の声が洩れた。

そんなわけで多数決が採られることになった。

結果は温活移行に賛成が四人（ヌシ含む）、反対が二人。反対したのは小夜と小檜山だった。

小檜山は少し怒ったような顔で言った。

「反対に回った理由は簡単です。僕が愛してやまないのは探偵活動であり、芸術的ともいうべき推理です。見ず知らずのじいさんやばあさんの健康のために、プライベートな時間を費やすつもりはこれっぽっちもありませんよ」

「わたしも似たような理由」

今日の小夜は黒い白衣を着ていた。言語矛盾ここに極まれりという感じだが、どこか礼装に見えなくもないから不思議だった。

「前も話したように大学の仕事が忙しいのと、あとはやっぱり論理的に推論を重ねていって、その結果事件を解決したときのカタルシスが好きだったから参加してきたけど。正直、温泉活動にわたしが参加する動機が見あたらない」

「僕は鉄之介さんを見損ないましたよ」

小檜山が強い調子で非難した。ここまで感情を露《あらわ》にすることは滅多にない。

「鉄之介さんには強いリーダーシップがありました。推理はへっぽこでしたが」

「何だとコラ」

「違いますか。鉄之介さんが組み立てた推理でみごと解決した事件なんて、これまでひとつでもありましたか？」

峠が歯噛みしている。きっと図星なのだ。

「わかった、もういい。最後の多数決は残念ながら全員一致とはいかなかったが、とにかく探活から温活へ、新しいフェーズに移行することに決まった」

小檜山がチッと舌打ちした。きっと小檜山は峠のことが好きだったのだと流太は思った。事件が起きてああでもないこうでもないと語り合う、充実した時間を愛していたのに違いない。なのにどうしていまになって裏切るんだ、そんな気持ちかもしれない。

でも自分は多分、温活に変わっても楽しめそうな気がする。小夜と小檜山が抜けるのはちょっと淋しいが。

「ちょっと提案があるんすけど」

辻がふたたび挙手して発言する。

「新しい日帰り温泉の名前なんですけど、この間ふと思いついたのがあって皆で検討してもらえないかなと」

例の爽やかな笑みを浮かべている。この険悪な空気のまま終わりたくない、そんな優しさが伝わった。流太は言った。

「いいですね、最後に前向きな話を聞きたいですよね」

「最後？」

峠が言った。

「だって探偵活動は今日で終わり、これからは温泉活動に移行すると決まったわけでしょう？ということは、このメンバーが全員で集まることも多数決を採るのも、今日が最後ってことになりますよね」

全員がそれぞれ目と目を見交わし合っている。さっきの多数決の意味を、これまでの日々が終わりを告げるという事実を、改めて思い出したらしかった。

「辻、その提案ってのを教えてくれないか」

沈んだ声で峠が促すと、辻は立ち上がって前に進んで黒板に文字を書き出した。

〈クアハウス銀杏坂〉

「クアハウスってなんだよ」

「ドイツ語で温泉保養施設の意味らしいっす。調べてみたら英語のスパと同じような言葉みたいで。この間出張で行った山形にそういう名前の温泉施設があって、これはいいなと思ってメモっといたんです」

「シュアハウス銀杏坂と、クアハウス銀杏坂か。姉妹施設みたいでいいですね」

流太が言うと、黒板を見ていた峠もうなずく。

「うん、俺もいいと思う」

峠は多数決を採ろうとは言わなかった。温泉活動の参加者は三人プラス一匹と、既に決まってしまっている。うっとうしかったはずの多数決にすら、すでに懐かしさを感じはじめていた。早くもじわりじわりと淋しさが募ってくる。

本当にこれでよかったのだろうかと、ふと思う。ハウス内は分断とまではいかないまでも、はっきり二色に塗り分けられてしまったことになる。

峠の一方的なやり方で最終結論を出してしまうのではなく、一人ひとりがもう少し時間をかけて考えれば、全員が同じ方向を目指せるようなアイディアが浮かんでくるのではないか。

前もそうだったように、中途半端で面白みがないと吊るし上げられることになるかもしれないけれど、それでもこのまま糸が断ち切られてしまうよりは……。

そうだ、そうしたほうがいい。覚悟を決めて、多数決を撤回してもらおうと手を挙げようとしたとき、突然ギギイッと軋《きし》む音がして扉が開いた。

「大変なのっ！」

飛び込んできたナヲが叫んだ。

「びっくりさせるなよ、どうしたんだいったい」

はあはあと肩で息をする彼女に、小夜がペットボトルを差し出す。ごくごくと喉を鳴らして飲んでから、ナヲが語りはじめる。

「友だちが、あたしの唯一の親友ともいえるサチって子がいるんだけど、その子と昨日の深夜から連絡がとれなくなってる」

「別に珍しいことじゃないでしょ、一日ぐらい」

「違う、そうじゃなくて最後に長文のメールをくれたときに書いてあったのが、恋人からのＤＶの相談だったんだよ。だからお願い、早く行ってあげないとサチが」

「待て待て、いいからちょっと落ち着いてもう少し詳しく聞かせてくれ。最後のメールが届いたのは、夜の何時頃だった」

ナヲがスマホを開いて確認する。

「夜中の……二時二十五分」

「草木も眠る丑三つ時《うしみどき》か、厭《いや》な時間帯だな。で、サチって子はそのときどこにいたんだ」

「自分の部屋だと思う。これから彼が話し合いにやってくるってメールに書いてあったから」

峠が片膝立ちになっていったのを見て、流太は意外に思った。さっき、探偵活動はもう終わりにするって——。

「深夜にDV彼氏のご訪問とは、ますます危ねえな」

「だからのんびり話してる場合じゃないんだって」

「ところでナヲ、好きな名探偵っているか」

峠が訊くと、彼女は地団駄を踏みながら答えた。

「小林《こばやし》少年」

「少年探偵団の？　明智小五郎《あけちこごろう》じゃなくて」

ナヲがどんどんと足を踏み鳴らす。

「とにかく乱歩が好きなの。なんでこんなときに訊くの、早く助けてってば！」

ナヲもそうか、やはり小夜の妹だなと流太は内心思った。峠がじらすようにゆっくりと隣に向かって言った。

「なあ小檜山、少年探偵団って何人だっけ？」

「結成当時は十人、後に二十人を超す大所帯にまで膨れ上がりましたけど」

峠は膝に手をあてると、勢いよく立ち上がって言った。

「助けてと言われりゃ嫌とは言えねえよなあ、みんな」

「ほほう。多数決で探偵活動は温泉活動へ移行する、そう決定したんじゃありませんでしたっけね」

小檜山が嫌みたっぷりに言った。が、言葉とは裏腹にうれしそうにソフト帽をかぶり直し、パイプに火をつけた。一本の煙が立ち上る。

「多数決の結果は絶対じゃねえ。大事なのは少数派の意見を尊重することで、だからこその民主主義だ。俺は独裁主義者じゃねえし、一刻を争う局面で面倒くせえこと言うなって」

一同を見回して峠が宣言する。

「少年探偵団にゃ足りねえが、出動するか」

「事件か。心が騒ぎますねえ」

小檜山は満面の笑みで煙を吐き出す。

「一丁とっちめてやりますか」

辻が逞《たくま》しい二の腕をぱんと叩く。

「女を泣かす男はお仕置きしなくちゃ」

黒い白衣のポケットに手を突っ込み、くつくつと笑う小夜の眼が底暗い光を放つ。

気づけばメンバー全員が立ち上がっていた。心の声が洩れないように注意して、そうこなくちゃなと流太は思う。

探活、復活だ。

本書は書き下ろしです

三浦明博（みうら・あきひろ）
一九五九年宮城県生まれ。
二〇〇二年『滅びのモノクローム』で第48回江戸川乱歩賞を受賞しデビュー。著作に『感染広告』『黄金幻魚』『盗作の報酬』『五郎丸の生涯』『ゴッド・スパイダー』などがある。

集《しゅう》団《だん》探《たん》偵《てい》

二〇一八年三月二二日　第一刷発行

著　者　三《み》浦《うら》明《あき》博《ひろ》
発行者　渡瀬昌彦
発行所　株式会社講談社
東京都文京区音羽二-一二-二一　〒一一二-八〇〇一
電話　出版　〇三-五三九五-三五〇五
　　　販売　〇三-五三九五-五八一七
　　　業務　〇三-五三九五-三六一五
印刷所　豊国印刷株式会社
製本所　株式会社国宝社

定価はカバーに表示してあります。

ISBN978-4-06-220956-4　N.D.C.913　271p　20cm